BBC
DOCTOR WHO
Shroud of Sorrow
噬悲者

（英）汤米·唐巴万德 / 著

段歆玥 / 译

新星出版社　NEW STAR PRESS

DOCTOR WHO: Shroud of Sorrow by Tommy Donbavand
Copyright © 2013 Tommy Donbavand
First published as Doctor Who: Shroud of Sorrow by BBC Books, an imprint of Ebury, Ebury Publishing is part of the Penguin Random House group of companies. Doctor Who is a BBC Wales production for BBC One. Executive producers, Steven Moffat and Brian Minchin. BBC, DOCTOR WHO and TARDIS (word marks, logos and devices) are trademarks of the British Broadcast Corporation and are used under licence.
This edition arranged with Ebury Publishing
through Big Apple Agency, Inc., Labuan, Malaysia.
Shroud of Sorrow Chinese edition copyright:
2018 Chengdu Eight Light Minutes Culture Communication Co., Ltd.
All rights reserved.
The Cover is produced by Woodlands Books Ltd.
著作权合同登记图字：01-2018-7127

图书在版编目（CIP）数据

噬悲者 /（英）汤米·唐巴万德著；段歆玥译. —北京：新星出版社，2019.1
ISBN 978-7-5133-3426-6

Ⅰ. ①噬… Ⅱ. ①汤… ②段… Ⅲ. ①科学幻想小说-英国-现代 Ⅳ. ①I561.45

中国版本图书馆 CIP 数据核字（2018）第 264281 号

噬悲者

（英）汤米·唐巴万德 著；段歆玥 译

责任编辑： 汪　欣
特约编辑： 姚　雪　胡怡萱
责任印制： 李珊珊
装帧设计： 付　莉

出版发行： 新星出版社
出 版 人： 马汝军
社　　址： 北京市西城区车公庄大街丙3号楼100044
网　　址： www.newstarpress.com
电　　话： 010-88310888
传　　真： 010-65270449
法律顾问： 北京市岳成律师事务所

读者服务： 010-88310811　service@newstarpress.com
邮购地址： 北京市西城区车公庄大街丙3号楼100044

印	刷：	北京捷迅佳彩印刷有限公司
开	本：	910mm×1230mm　1/32
印	张：	7.625
字	数：	90千字
版	次：	2019年1月第一版　2019年1月第一次印刷
书	号：	ISBN 978-7-5133-3426-6
定	价：	36.00元

版权专用，侵权必究；如有质量问题，请与印刷厂联系更换。

献给阿伦和山姆，
这两位与我共同观看了博士的奇妙之旅

1963年11月23日

雷吉·克兰菲尔德巡警拐过弯儿,走进托特尔小巷,他的手电筒打出的光柱在迷雾中显得特别具有穿透力。如果雷吉的父亲还在人世,一定会把今晚这厚重的浓雾称为"真正的黄色浓雾"。

这雾也很阴冷。雷吉把身上的夹克衫又裹紧了一些,满心希望警局那几个小伙子别忘了热热茶壶。如此寒夜,他可不想在回去时发现一壶冷茶。不过,至少今晚街上很安静,毕竟所有人都在家里收看来自美国的新闻。那件事,实在是糟透了。

这不是他的辖区。他的酒友罗林斯巡警突然声称自己得了流感,雷吉虽然不怎么相信,但还是在最后一刻跟他换了班。弗雷德明明健壮如马,他俩认识这么久,雷吉连鼻涕都没见他流过。据克拉夫警长回忆,这一切估计和昨天夜里发生的事脱不了干系,弗雷德昨天回警局时脸白如纸,嘴里还不停地念叨着"雾里有没有的人"之类的话。其实,多半是弗雷德出去巡逻时在玫瑰皇冠酒吧里喝了太多的烈酒吧。不过,在过去的几个月里,雷吉经常回去探望自己的父亲,弗雷德倒也一直愿意跟他换班。

雷吉发现自己又想起了父亲。都已经两周了啊。两周前的那一晚，雷吉例行前往养老院探望父亲，然而，雷吉离开后还不到半小时，他就去世了。这一切仿佛都由父亲特地安排好了，他先等自己唯一的儿子安全地坐上 91 路公交车回了家，然后才赴天国报到。

这倒不是说他父亲信什么在天之灵。实际上，雷吉的父亲只会在每年平安夜去一次教堂，这还是因为他答应过雷吉的母亲，在她死后替她前往。"如果真有什么在天之灵，我可不会不知道。"他以前经常开这样的玩笑，"你母亲活着的时候一直在我耳边叨叨，她若真是在天有灵，没人能阻止她从坟墓里爬出来继续唠叨。"

当然，他现在已经去和母亲做伴了，无论到底是去了哪儿。

雷吉直到第二天早上才得知父亲的死讯：他用警局的电话联系了养老院，本意只想问问父亲昨晚睡得是否舒服。雷吉自己家里没有装电话，所以养老院工作人员联系不上他。当然，现在他也没必要再装了。

雷吉的手电筒发出的光扫过福尔曼废料场的木门[1]，他停下脚步，查看这些门是否已安全锁好。有传言道，一些十几岁的孩子日夜在附近闲逛。虽然目前还没有接到私闯废料场的报案，废料场也没丢过什么东西，但这些孩子本该跟家人一起待在家里，

---

1. 福尔曼废料场曾出现于老版《神秘博士》第1季第1集《非凡女孩》中，后在《神秘博士》五十周年《博士之日》开篇也有呼应。

不该到这儿来闲逛。至少,在他值班时不允许。

"雷小吉……"

雷吉猛地转身,来回挥舞着自己的手电筒,动作犹如花剑选手,"谁在那儿?"

"雷小吉!"

雷吉打了个冷战。这可不好玩儿。唯一会叫他"雷小吉"的人只有他的父亲。不管现在是谁在叫他,这人都得好好解释一下原因。

"我再问一次,是谁在那儿?"

随后,他手电筒的光照到了一张脸上,它从厚重的迷雾中缓缓浮现出来。这张脸,实在没法让人有任何好的联想。

"我是克兰菲尔德巡警,"他表明了身份,"报上名来!"

"雷小吉,是我啊!"

雷吉顿时觉得双腿一软,不得不伸出空着的那只手扶住废料场的大门,这才稳住了身子,"爸爸?"

越来越多的雾气随风聚拢,这张脸也随之渐渐成型、愈发清晰。毫无疑问,那正是雷吉的父亲。

"爸爸!"他哑声喊道,忽然非常口干舌燥,"爸爸,我……我不……"

"雷小吉,你抛弃了我。"

"什么?"

"那天晚上,你抛弃了我,任我独自死去。"

雷吉的双腿再也支撑不住了,他重重撞在门上跌坐在地,蹭得挂锁链条哗啦作响,"不……你不明白!"

"我当时多孤独啊,雷小吉。我又孤独,又痛苦,还没法呼救。"

"但,但是,爸爸……"雷吉不停地眨眼,想把眼泪压回去,"我必须坐末班车回去。你也知道,我每次坐的都是那班巴士,每次我来……以前我来看望你的时候都是的啊。你是知道的。"

那张脸又飘近了些,从迷雾中凸现出来,而且,它随着时间的推移变得愈发真实起来。

"雷小吉,你不知道那是什么滋味吧?"那张脸说着,表情扭曲成了怒火中烧的冷笑,"被自己的家人抛弃,被自己这辈子尽心照顾的人置之不理!"

"不是那样的!"雷吉啜泣着,泪水抑制不住地汹涌而出,"要是我知道的话,我会留下来的。我保证!"

"留下来看着我死去?"

"是的,不不,不是!我的意思是,那样我就会留下来,也能帮你呼救了!"

"但是你没有留下来,雷小吉。哪怕我为你付出了那么多!"

"爸爸,求你了……"雷吉的声音非常小,几乎是在喃喃自语。

那张脸咧开血盆大口,露出满嘴尖牙,冲他直扑过来。雷吉松手任手电筒掉落在地，转而紧紧捂住了双眼。"不！别！"

随后，雷吉·克兰菲尔德巡警亡父的那张脸，发出了尖啸声。

1

塔迪斯的引擎仿佛风烛残年的老者一般，发出了阵阵哀鸣。它正一寸接一寸地从翻腾不已的巨型水涡里往上缓缓攀升。风暴愈发猛烈，水浪相互拍击，浅绿的水花泛着泡沫，从塔迪斯洞开的门外奔涌而入，灌进了控制室里。空气中则弥漫着淡淡的牛油果味儿。

在这些浪潮和水花当中有一根链条，它粗大坚固，一头缠绕在中央控制台底部，另一头则延伸出去，浸没在门外香气四溢的水浪之下。这根金属链条已经绷得很紧，塔迪斯逐渐上升，扯得它嘎吱作响，拼命抗议。不过，它终究还是承受住了另一头拴着的东西的所有重量。

"有什么发现吗？"博士喊道。他浑身湿透，从头顶到脚趾都沾满了肥皂泡，他的双脚则紧紧扣住了中央控制台底座。他拼命拉起一根蓝色把手的操作杆，敦促塔迪斯继续往高处飞，他用力之大，压得手指关节都发白了。

克拉拉紧紧抓着塔迪斯门后的电话，她小心翼翼地探出身子靠近水面，冒着险迅速瞥了一眼那根链条：它的另一端深深埋进了下方翻腾着翠绿泡沫的风暴中。"暂时没有！"她大声回应着，水从她的头发里滴落下来，掉进了她的眼里。克拉拉冒险松开了一只手，去擦拭眼睛里的水。

此时此刻，塔迪斯的飞行斜角已达45度。博士知道，自己只要滑上一跤，就会像那根链条一样掉出塔迪斯大门，摔进水里，甚至来不及喊上一句"阿尔法瓦·美特拉克斯"[1]。博士转动着旁边那个操作面板上的轮子，伸出另一只手按下了一堆开关，惹得本已尖叫不休的塔迪斯引擎又提高了一档音量。"加油啊，性感女神！"他鼓励道，"我知道你能行！"

"多谢夸奖，"克拉拉答道，"我还以为你从不留意呢。"

博士脸红了，他松开开关，用手轻抚着操作台。"对不起，亲爱的，"他小声道，"我说的是你——不是她。真的。"

负重之下，链条再一次嘎吱作响。博士审慎地看了一眼链条，稍稍琢磨了一下自己选的金属是否足够结实的问题，不知道它究竟能不能完成这项任务。他手边倒是留有一条用矮星合金锻造的链条，那就是特地为大工程准备的——但要把它从储藏室里拿出来，恐怕至少得要十个博士齐心协力才行，而他可没那工夫打电话一个个叫人。

---

[1] 新版《神秘博士》第5季第4集《天使时代》和第5季第5集《石与肉》中出现的星球。

"那里!"克拉拉大喊道,"我看见那艘飞船了。它已经快到水面啦!"

"太棒了!"博士叫道,"我们再……最后……拉一次!"博士咬紧牙关,用力拉下另一根操作杆,为塔迪斯的引擎送去了更多动力,"好吧,现在冷藏室里的所有东西都得开始解冻啰……"

链条发出沉闷的声响,上面的金属环滑过了塔迪斯的门廊,划破了门边的木头。克拉拉抓得更紧了,她甩开飘进眼里的深色长发,一团污泥和泡沫随即溅到了塔迪斯的门上,然而,那团东西竟似乎变幻成了一张脸的模样。克拉拉盯着它看了一会儿,那简直太像……

塔迪斯猛地颠簸了一下,克拉拉摔在门上,肩膀蹭过上面的纹路,把它擦掉。她又向下看了一眼,那滔天的浪潮散发着香气,在她脚下翻涌起伏。想来也是奇怪,不到三十分钟前,她还在下面,跪在一片坚实干硬的土地上。

突然,塔迪斯控制台上的扬声器里传出了一阵声响:"博士!你在吗?我是佩妮……"

博士很想按下开关,打开麦克风,可他意识到自己的两只手都得忙着操作塔迪斯。于是他叹了口气,俯下身子,用下巴按下了开关。

"佩妮你——好——啊!我是博士,你的声音我这边听得可清楚啦。你们怎么样啊?"

"大家都好！"佩妮回答道，"差点被洪水追上，真是万幸，幸好我们早一步回到了'卡特号'上，不过好多设备都没来得及搬运回来。"

"设备可以换，"博士说，"人可不行。嗯，其实有个星球上人也可以，但他们不准我再进去。说来话长。我只是想把那位一直在那儿的澳大利亚空姐给他们退回去而已，虽然她本人并不知情。"

突然，塔迪斯向后一歪，随即恢复了直立状态。那根链条也顿时松了。

"我们成功啦！"克拉拉尖叫道，"他们脱险了！"

博士把操作杆拉回原位，然后跑到了他的同伴身边。塔迪斯门外，挣脱了束缚、从水里慢慢升起的，正是那艘二级太空探索飞船——"SS. 霍华德·卡特号"。飞船不大，主要用于星球间的短途旅行，并不适合星际穿越。飞船上的三名机组人员在驾驶舱的有色玻璃后面冲他们挥着手，表达着感激之情。

佩内洛普·霍尔罗伊德教授通过自己的耳机说着话，她的声音穿过塔迪斯控制台上的扬声器在四周回荡："博士，你救了我们的命！大恩如何言谢？"

"不必言谢，"博士答道，"我们整天都在做这种事。"

"对我们来说，这就像是日常工作。"克拉拉笑道。

"好吧，总之，我们这整支考古队都心怀感激。"佩妮说道。

"飞船情况如何?"博士问。

霍尔罗伊德教授同副驾驶交流了几句,然后答道:"水浪暂时弄灭了我们一台引擎,不过,我们应该很快就可以重新启动了。"

博士微笑着说:"听起来情况不错。"

"一路平安。"克拉拉道。

"没问题,这还多亏了你们呢。"佩妮说,"现在可以松开挂钩了……"

随着一阵沉闷的金属声,"卡特号"飞船头部的钳子松开了那根沉甸甸的链条。博士掏出自己的音速起子,看也不看地冲着身后嗞了几下。塔迪斯控制台上的一个开关动了,那根链条开始往塔迪斯里回卷。

那根救生索脱开后,"SS.霍华德·卡特号"在空中慵懒地转过身,发动了仅剩的那台引擎,随后便一头扎进了波涛汹涌的海浪喷溅出的迷离云雾中。博士和克拉拉站在门边向他们挥手,直到飞船消失在视野里。然后,他们用力关上了塔迪斯的门,怒视着彼此。

"这全是你的错!"博士嚷嚷着扯下身上湿透的外衣,扔到了身后。然后,他跺着脚走向了控制台,发出好一阵吱嘎声。

克拉拉紧跟在博士身后,问道:"你什么意思?我的错?"

博士气冲冲地在控制台键盘上敲打着坐标,"我本来在下面玩儿得正开心,你倒是好,非得把它毁了!"

"我把它给毁了?"

"没错!"博士头也没抬地厉声答道,"你把它给毁了——还让我的领结浸满了水。"

"至少现在你身上干净了啊,"克拉拉道,"半小时前,你浑身上下都是土。我也是。"

"那叫考古,"博士转过身,面向克拉拉,"身上总得弄点泥才像样。那可是乐趣的一部分。"

"哼,我可不觉得那有什么趣!"

"所以你成功地让大家都知道了这一点,是吧?"博士举起双手,手指开开合合,仿佛在操纵一对木偶。

"噢,博士!我好无聊啊,我的牛仔裤上还全是泥!"博士模仿着克拉拉的声音,摆弄着一只手,"呜呜呜!"

"嗯,那你为什么不先回塔迪斯,等我们弄完呢?"代表博士的另外那只手说道。

"不,"代表克拉拉的那只手说,"因为你会玩儿得忘乎所以,完全忘记时间,你总是这样,而且你会一直自顾自地玩儿下去,却不带我。"

克拉拉盯着博士的两只手,"这里面有一只代表的是我?"

博士举起了自己的左手,"这只。"

"所以另外那只是你啰?"

"是的。"

"它下巴不够长。"克拉拉评论道。然后她蹦跳着下了台阶,走到控制室后部,开始脱身上那些湿透了的衣服。

博士看看左手又看看右手,然后垂下了双手。"那你也没必要把一切都毁了。"博士喃喃道。他发现克拉拉正在换衣服,便慌忙转过了身,"你就不能去塔迪斯的衣帽间换吗?"

"不,不行,"克拉拉说,"这可是你自己的主意,在操作室里放一套备用的衣服以防万一,记得吗?再说了,如果要我晃悠到衣帽间去,没准儿半路上又会毁掉你别的什么东西呢。"

"没必要这样冷嘲热讽吧。"博士闷闷不乐地拉下脸,拨回了飞行操作杆。与刚刚那股痛苦劲儿相比,塔迪斯的中央立柱现在可轻松多了,它上下移动,发出呼哧呼哧的声音。"嘲讽是智慧的最低形式,你知道不——不过,话说我有一次遇见过一位独角喜剧演员,居然是个桑塔人[1],倒是挑战了这一点。"

"我还是不明白自己做错了什么,"克拉拉说,"我只不过按了几个按钮。"

"正是!"

"但我并不知道他们为了发掘工作,会把整片海给吸干,不是吗?"

博士拨开眼前湿漉漉的头发,闻了闻自己的手指,笑着说:

1.《神秘博士》中的一个克隆人种族,脑袋神似土豆,以好战著称。

"天啊！我身上有股淡淡的果香哎！"然后，他脸上的表情又恢复了严肃，"不然你以为为什么我们刚刚进行挖掘的那个地方，维诺法克斯地区，会名叫大洋半岛？"

"不知道，"克拉拉耸了耸肩，"我以为它是以第一个发现那个地方的人的名字来命名的。也许那人就叫戴夫·大洋呢？"

"戴夫·大洋？"博士说着，扬起了眉毛。

"喂，我怎么知道？你又没告诉我，我当时坐在泄洪阀的开关旁！"

"我没觉得有那个必要啊。"博士说着，轻快地从控制台的一边跑到了另一边，转动着一块表盘，"我没想到你会一时兴起，按起按钮来。"

"我只是在找饮水机。"

"啊，那你倒算是找着了嘛。"

"好吧，"克拉拉叹了口气道，"所以我按错了按钮。但那些泡沫是什么？还有那牛油果味儿大得熏死人的一整片海又是什么玩意儿？"

"就是说啊！"博士嚷道，他又挪了一下位置，去调整别的表盘，"没人知道！维诺法克斯人已经灭绝了。所以，霍尔罗伊德教授和她的考古队才会投入大量的财力和好几个月的时间来抽干整片海，这样她们才能挖掘海下的东西，研究到底发生了什么。然后，你就来了……"

克拉拉换上干衣服，顺着楼梯走回了操作室，在旁边找了把椅子坐下，双手交叉抱在胸前。一时间，两人都没有说话。塔迪斯里只剩下引擎的轰鸣和博士偶尔拨动开关调整设定的声响。博士见一切平稳有序，感到十分满意。他从对面的椅子上拿起自己的备用夹克衫，走向上方的通道，渐渐消失在克拉拉的视野里。

"这就是我起初想参与进来的原因！"他朝控制室喊道，"想想吧，这可是一个覆盖在泡泡浴的海洋中的世界，多有意思啊！要是有颗住着三十英尺[1]高的橡皮鸭的星球，我们只需找到它，再把它俩弄到一起！"

虽然克拉拉心情低落，但她还是笑出了声，"别忘了还有大个儿海绵！不过我估计它得有蓝鲸那么大才行。"

博士回来了，他的身上已经全然没有了潮湿的痕迹。他冲克拉拉笑了笑，但那笑容很快收了起来。"这又是怎么了？"他问道，"我以为我们已经重归于好了呢。"

"是啊，"克拉拉说，"嗯，差不多马马虎虎吧。"

"那你为什么在哭？"

"什么？"克拉拉用手指碰了碰自己的脸颊，上面湿漉漉的，满是眼泪，"我不知道。我为什么会哭？"

突然，控制台上火花四溅。博士跳了起来，想要驱散随之腾

---

1. 1英尺=0.3048米

起的缕缕余烟。

"怎么了?"克拉拉问着,匆匆走到博士身边。

"我完全摸不着头脑,"博士说,"等等,我知道了。"他用手拂过塔迪斯的控制台表面,收回手时,上面沾满了水,"我觉得……我觉得塔迪斯也在哭。"

"别犯傻了,"克拉拉嘲讽道,"那不过是泡沫水吧。肯定是在你回收链条的时候溅上去的。"

博士舔了舔指尖。"不,"他说,"那水是牛油果的味道,这却是咸的,跟眼泪一个味道。"他想了想,然后转身朝向克拉拉,"我去换衣服的时候,你有没有对塔迪斯说什么残忍的话?"

"没有!当然没有了!"

"你管她叫肥婆了吗?"

"什么?"

"她一点儿也不肥,只是里面比外面大而已。"

"你简直是疯了。你自己其实知道,是吧?"

"嗯?反正她不会无缘无故就哭的。"

"为什么?"克拉拉不依不饶,"我也哭了,你怎么不问问她有没有骂我胖?"

又一阵火花四溅让他俩都躲到了控制台底下。等博士再次站起来时,他发现自己眼前的读数正以可怕的速度来回跳动着。"不不不,不!"博士赶紧站定,在控制台前心急火燎地操作起来。

"怎么了?"克拉拉边问,边从控制台旁偷偷探出脑袋看了看。

"塔迪斯的眼泪让飞行航控器短路了。"

"那并不是眼泪吧!很可能只是冷凝水之类的东西。"

"不管那是什么,它正在害我们偏离航线。"博士想用袖子擦干控制台,但收效甚微。"啊哈!"他见克拉拉脖子上围着围巾,兴奋地叫了出来,他顺手抢过了围巾,继续擦擦抹抹。

"嘿!"克拉拉喊道。

"谁让你害我的领结浸了水。"

一阵熟悉的隆隆声传来,塔迪斯颠了一下,然后,整个控制室陷入了沉寂。

"我们着陆了。"博士说。

"我们在哪儿?"克拉拉问,"外面是哪年哪月?"

"我不确定……"博士以赛跑般的速度冲向监视屏。屏幕对着博士发出嘶嘶声,呈现出一片静电干扰造成的灰白。随后,一张模糊的脸从屏幕中央那些随机出现的粒子中凸显出来,并渐渐变得清晰可辨。这张脸,博士已经许久不曾见过了。

"阿丝特丽德[1]!"

"阿丝特丽德?"克拉拉重复着,匆匆走了过去,"阿丝特

---

1. 第十任博士在2007年圣诞特辑《诅咒之旅》中遇见的太空"泰坦尼克号"女服务员,她最后为了拯救大家而牺牲。

丽德是谁？或者什么玩意儿？"

博士飞快地关掉了屏幕，他顿了一顿，整理着思路。"没什么。"他边说边从屏幕上移开了视线，"控制时间的线路不太稳定，仅此而已。在我把它们修好前，是得不出准确读数的。在此之前，只有一个办法能让我们知道自己在什么时间什么地点……"

他蹦跳着下了台阶，用力推开了塔迪斯的门。"多不可思议啊！这是一家医院哎，"博士嚷道，"可不正适合医生[1]嘛。"

克拉拉走出塔迪斯，关上了门，她正巧遇见一位年轻女子手捧花束匆匆走过，便向对方笑了笑。"它们很美，"她说道，"我敢说它们一定能让某人度过开心快活的一天。"

对方受辱般回头瞪了她一眼，然后盯着地面匆匆走开了。

"我也很高兴见到你。"克拉拉冲着她的背影喊道，"博士……"

博士早已大步流星地沿着走廊往前走去，克拉拉不得不绕开一位正在啜泣的护士，快快赶上博士。"看，"她指着护士站后方一块挂在墙上的纪念牌说道，"'欢迎来到帕克兰纪念医院'。我好像在哪儿听说过这个地方。"

"真的吗？"博士问道，"在哪儿？"

---

1. Doctor一词，既指医生，也指博士，这是《神秘博士》中常用的双关。

"我想不起来了。"克拉拉正说着,一位满脸阴郁的护工推着一辆轮椅向他们走来,上面坐着一位表情同样阴郁的病人。"但一定不是因为它获得了'年度氛围最佳医院'奖。"

博士伸手拦住护工,又弯腰向轮椅上的病人打了个招呼:"你好,我是博士。你今天感觉怎么样啊?"

"我觉得好些了,"老人嘟囔道,"大家都好些了。"

"嗯,所以你才住进了医院吗?我能不能问一下,我们这是在哪座城市?"

老人一脸狐疑地抬起头,"哪座城市?"

"没错。呃,这是个认知推理测试。你懂的,只是为了确保你脑子没有糊涂之类的。就算你脑子糊涂了,也不要紧。在我认识的那些出类拔萃的人里,有几个也有点儿……不走寻常路。比如伊桑巴德·金德姆·布鲁内尔[1],就疯疯癫癫的。他造那些桥只是因为他不敢走在地面上,说是有小精灵咬他脚踝。"

护工一脸恼怒,"你确定自己是医生?"

"非常确定!"博士满面笑容,"实际上……"他在夹克衫口袋里东翻西找,掏出个听诊器挂在了脖子上,"在这儿呢,你看!"

---

1. 英国著名土木工程师,曾主持建造大西部铁路和众多重要桥梁、隧道等,他极大地推动了公共交通、现代工程等领域的发展。这位历史人物曾出现在第六任博士的有声书《铁芒》和第八任博士的小说《莽撞工程》中。

"所以，我到底是怎么了？"老人不依不饶地问道。

博士刷拉一下掏出音速起子挥了挥，迅速扫描了一下老人的身体，做出了诊断。"肾结石。"他把结果读了出来，"多喝点水，要不了几天你就能恢复如初了。"

"那就是没啥大问题啦。"克拉拉俯下身，对老人露出了最为灿烂的笑容，"现在，可以告诉我们这是哪座城市了吧？"

"你们这些人真让我恶心！"老人冲他们吼道，然后转向了护工，"带我离开这儿！"

"我是牙齿上沾了菠菜，还是啥？"克拉拉问道。

护工推着老人离开时，博士从他背后的口袋里抽了一份报纸出来。"真要有这么简单就好了。"博士仔细研读起报纸的头版来。

"哼，这些人也不知道是为了什么，踏上前往'暴脾气'的路就一去不回了。"

"我觉得也许是为了这个。"博士说着把报纸递了过来。那是一份《达拉斯晨报》。

头版上有张照片，上面那个人克拉拉在历史课上见过。照片上方的标题用了粗体字，克拉拉大声读了出来："'肯尼迪在达拉斯街头遇刺'。"她倒吸一口凉气，"但这就意味着……"

"没错，"博士说着，指了指报纸顶端的日期，"我们到了得克萨斯州的达拉斯，1963年11月23日——约翰·F.肯尼迪遇刺身亡的第二天。"

2

玫·卡隆把堆积如山的文件推到一边，双手交叉搁在桌面上枕着头，打算最后一次试试自己能不能睡一会儿。昨晚实在是够折腾的，简直是她在《达拉斯晨报》工作的这五年来最为折腾的一晚。想来，就算她费尽心思，这一晚，她都永远无法忘记了吧。然而，就像之前那几次徒劳的尝试一样，她仍旧无法入眠。

自昨天起，每当她合上眼，那些画面和声音就会阴魂不散地开始侵扰她。明媚的阳光倾泻在迪利广场上，人们欢欣雀跃地等待着车队的出现，肯尼迪总统携其夫人及康纳利州长向人群挥手致意。玫踮起脚尖，想找到更好的角度，一睹总统的风采，她的铅笔尖则在笔记本上不停地写写画画。突然，一道光疾驰而过，扫向最右然后上移，似乎是从得克萨斯州教科书仓库大楼发射出来的。它破空划过，发出抽打鞭子般的爆鸣声。然后又是一道光。又再来了一道。接着便传来了尖叫声。天啊，那些惊心动魄的尖叫声。

玫强迫自己坐起身来，睁开眼睛。她没有亲眼看见子弹射中总统或是康纳利州长——她前面挤满了人——但她跟许多目击者都聊过，他们描述的场面极其骇人。而她，则要将这些东西转述出来，写进晨报的报道里。现在，这些画面已经深深地烙印在她的脑海中，仿佛一切她都已亲眼目睹。她也并非唯一一个满心悲戚的人。办公室里啜泣四起，这便是昨天的事件带来的沉重打击。

玫将椅子滑归原位。如果她睡不着，那还不如起来工作。关于林登·贝恩斯·约翰逊当上总统的头二十四个小时，她还得写一篇文章出来呢。不过，如果她要在睡眠不足的情况下写完，就需要求助于咖啡了。她穿过办公室，一路上都想躲开那些出现在报纸头版上的肯尼迪总统的凝视——每位记者同事的桌上都放着这样一份报纸。要是她不去看它，或许她脑海中的那些画面就能消停下来。

冲好咖啡后，她回到了自己的桌边，还巧妙地避开了某位副主编以"那简直太可怕了，对吧？"作为开场白的对话。她按照惯例将咖啡放在了木桌的老地方，于是，那积累多年的层层咖啡渍上又新增了一个圈。然后她将报纸翻了过来，这样肯尼迪总统就不会再盯着她看了，接着，她又把打字机拉得近了一点。

她刚打出标题《起航之誓》，就有一个棕色大信封落到了她的键盘上。"别管约翰逊的那篇报道了，"主编本·帕森斯对她说道，"我让吉姆写吧。"

玫抬头看了一眼自己的上司，满脸惊讶。"吉姆？"她问道，

"他不是还有一堆体育报道要忙吗？"

本叹了口气，"你觉得后几天会有人哪怕瞄上一眼那些报道吗？"

"我想没有。"

"吉姆是个好孩子，"本说，"他想转到新闻部来。写约翰逊的报道能帮他一把。"

"那这是什么？"玫问，一只手伸向了信封。本伸手阻止了她。

"这……不是什么能让人愉悦的东西。"他解释道，"里面是定格画面。一个叫泽普鲁德的人昨天在你对面那侧的街道旁，把所有东西都拍到了，从头到尾。这些画面就是从中截取出来的。"

"什么？你是怎么这么快就搞到手的？"

"《生活》杂志让柯达加急冲印的，"本回答道，"他们计划在本周的刊物上发表。我在那边有个朋友，他已经同意我们用这些图片了，只要我们不跟他们抢独家报道。他今天早上刚拿来。"

玫一脸惊讶，"为什么选我？"

"看看你周围这些人吧，"本回答道，"我可不敢相信他们。谁知道那些老油条会拿这些照片干什么？会不会把它们当成血馒头来大敲一笔？但，我信任你。"

"您这可真是……谢谢您。"玫说道。

本轻笑几声，"我做这些可不是为了让你谢我，玫。我这么做只是因为职责所在。你会尊重这些素材，这正是经历了这场人祸的人们所需要的——一些尊重,而不是令人毛骨悚然的恐怖秀。"

等本离开后,玫才抿了一口咖啡,打开信封。她将照片倒出来,先见光的是照片白色的背面。等了一会儿之后,她才深吸一口气,将它们翻转过来。

照片跟她想的一样可怕,忠实真切地记录了约翰·F.肯尼迪总统遇刺过程的每分每秒。她翻动照片的手不停颤抖着。肯尼迪总统向群众挥手致意。肯尼迪总统举起双手,紧紧捂住自己的咽喉。杰奎琳·肯尼迪俯身靠近她受伤的丈夫。然后——噢,老天啊——肯尼迪总统的头。它……它……

玫把照片扔到了一旁,眼泪恣肆流淌。她抓起咖啡灌下好大一口,却在把杯子放回去时,发现了一些不同寻常的东西。她从未仔细观察过桌上的咖啡渍,但现在,它牢牢吸引了玫的注意。这杯咖啡刚才在她桌上留下的那个圈,和之前那些污渍结合在一起,竟勾勒出了一张脸的模样——她过世的祖母的脸。

玫擦了擦眼泪,把咖啡放到桌子的另一边,开始仔细观察这团咖啡渍。它实在太像祖母贝蒂了,像得惊人:咖啡渍中央的棕色团块看上去恰似祖母的眼睛——那双慈祥、温暖、狡黠的眼睛;位于上方的曲线则像她那卷曲的头发——尽管玫其实知道,那只不过是洒出的咖啡留下的环状污渍。祖母每个月都会理发,还次次做成同一种发型——和这咖啡渍勾出的线条一模一样!还有那张嘴，无论怎么看它都是贝蒂祖母的嘴。那嘴唇微微噘起，像是微笑又像是斥责，看上去似乎是要表扬，又似乎是要批评。

玫用手捂住嘴，笑了起来。祖母贝蒂过世后没多久，玫就再没去过教堂。若非如此，只怕她此刻会将眼前所见称为奇迹。而现在，她只能称之为……好吧，她也不知道该怎么形容，只能说这挺"诡异"。她得去找菲尔，拿相机来拍——

"你那时为什么不在？"

玫顿时一僵，问："谁在说话？"

"你觉得呢，姑娘？"

玫瞪大眼看着那团咖啡渍，"祖……祖母？"

不可能！不——这绝对不可能！她桌上那张祖母贝蒂的脸居然动了起来！

"医院，玫。你那时为什么不在？就是我临终的时候？"

玫将目光从那团不可思议的咖啡渍上移开，环视着整个新闻编辑室：肯定有人在暗中观察，等她受这恶心的恶作剧（或者随便什么玩意儿）捉弄。但每个人都在努力工作，没人朝她这儿看。

好吧，所以这不是恶作剧，那肯定是自己太缺乏睡眠了。没错，一定是这样，她的大脑已经开始捉弄她了。若非如此，那就是她疯了。但是，如果——只是如果——这一切都是真的呢？只有一个办法可以知道真相……

玫将目光移回桌面，"我那时必须去华盛顿，祖母。为了报社。当时古巴威胁着要发射导弹……"

"你总是把工作看得比家人重要!"那团咖啡渍厉声说道。

玫发觉自己的眼眶又湿了起来,"祖母,他们告诉我你快撑不住的时候,我是真的想回来的。但杜勒斯机场的雷达出了问题,交通也堵得厉害,我根本上不了飞机。"

"我为你付出了那么多!你那没用的父亲拍拍屁股走人了,你母亲开始酗酒,可以说就是我把你养大的。而你却故意让我孤苦伶仃地死去!"

面对这样的斥责,玫感到一阵胆寒,"什么?不,我……"

"你只是希望回来后就能搞到贝蒂祖母的存款账户吧,哼!"

"不!祖母,我关心的只有你啊!"

那张咖啡渍形成的脸缓缓凸出了桌面——在它逐渐升起、变得立体的同时,木质桌面也随之延展、歪曲。原本并不明显的木纹扭曲成了遍布老妇人皮肤的皱纹,老人双眼和嘴的位置则向下凹陷,变成了深暗的空洞。那张嘴不停地动着、说着、骂着。

"你从未关心过我一星半点,玫·露易丝·卡隆。你只想要我的钱。"

"不,不是的!"

现在,那张脸已几近成形,它不断蠕动扭曲,将玫桌上的文件撞到了地上。

"贝蒂祖母,"玫啜泣道,"你一定要相信我!"

然而，老妇人把嘴越张越大，大到超过了人类嘴巴所能张开的极限。随后，她尖叫起来。

玫往后跳了一步，却不慎撞翻了剩下的半杯咖啡。她下意识地用手去抓杯子，却被倾倒的热咖啡烫到了手臂。玫疼得喊出了声，一下子蹿起身来，用没有受伤的那只手抓起自己的打字机，用力砸向那张扭动不止的脸。

"不！不！不！"她尖叫着，砸了一下又一下。最终，那张脸缩了回去，变回了那团普通的咖啡渍。

玫跌坐在椅子上，用另一只手捂住手臂上的烫伤。全办公室的人都停下了工作，齐刷刷地看向她。

3

显然，凶手是在教科书仓库大楼六楼的窗户口向肯尼迪总统开的枪——那楼层数比联邦调查局探员沃伦·斯基特愿意爬的层数多了五层。

沃伦向门外张望着，那群比他年轻、比他强健的探员在迪利广场上仔细搜寻着线索与物证。也许他们能找到些什么，从而能够针对那个承认了昨日暴行、已被拘留的年轻人顺利立案。再远一些，警戒线外，站着一群以泪洗面、不知所措的旁观者，他们来到这出悲剧的现场，想亲眼看看。

沃伦知道，自己本可以凭借多年的经验和职权，跟年轻的探员们换班。他可以做些轻松的活计，在阳光下走走，让其他人去六楼搜查。但那就等于承认自己已经年老体衰、身材走样，连楼都没法爬了。也许最开始的时候，那没什么大不了的，大家只会在咖啡机旁对此说笑几句。但早晚会有一天，当他去办公室上班时，会发现自己的柜门上贴着一个信封，而他的职业生涯也就从此结束了。

不过，他可以晚点再去爬楼。先去丹的酒吧提前吃个午餐吧，他家的煎芝士三明治和那一口解千愁的苏格兰威士忌总能奇迹般地让他放松不少。不过，去那里总有撞见局长的风险——这便是经常光顾所谓的"我局酒吧"的缺点——但只要他迅速吃完三明治，把威士忌藏好，就不会有任何问题。沃伦有些犹豫，于是从口袋里掏出了一枚硬币，决定听天由命。正面朝上威士忌，反面朝上爬楼梯……

该死！他抛中的是爬楼梯。

差不多四十年前，沃伦入职当上了警察，他在职期间表现优异，升职速度很快，所以没过多久就被局里发掘并吸纳了进来。早些年他曾有过一个搭档——那人跟他岁数相当，除此之外他们几乎再无共同之处。乔克有妻有子，家庭幸福。沃伦自己的婚姻维持了不到一年，但是他也不想再试一次了。乔克说，这段婚姻唯一的庆幸之处在于沃伦和雪莉没有孩子。没人夹在中间，没必要继续和对方保持连话也说不了几句的冰冷关系，况且她还抛弃了他，跟当地屠夫过日子去了，她找个什么人不好啊。是啊……没人会在他生日或父亲节时给他打电话了，也没人能给他打扫公寓或控制饮酒的理由了。

不过，他自己生活里的缺憾，都由乔克弥补回来了。他搭档的家庭向他敞开了怀抱，甚至在地下室里为他添置了一张小床。这样，他就不用在深夜驱车回家了——无论是因为他们打牌打得太晚，还是他跟乔克喝了几杯啤酒以庆祝结案。沃伦虽然单身，却从没自个儿形单影只地过过感恩节或圣诞节。至少，在经历某个周日下午的机场事件前没有……

沃伦爬到三楼，停下来喘了口气——也许，说他停下来惊天动地地咳了一番会更为贴切。他能感觉到心脏在自己胸腔里剧烈地跳动着，而他的衬衫浸满了汗，黏糊糊地贴在后背上。他从不是队里最身强体健的那个人——乔克才是。他常常思考，如果自己在周末时选择慢跑，而非拿上半打啤酒躺在沙发上玩电子游戏，一切是否会大不相同？

当时，他们收到传闻，据说好些黑帮头目蠢蠢欲动，准备碰头开会——地点无巧不巧就在他们的辖区，国内不少穷凶极恶的匪徒届时都会飞到达拉斯来。对于沃伦和乔克这样雄心勃勃的探员来说，这简直是把半数美国最奸恶的通缉犯都拱手送来了。

两人在机场巡视了整整两天，第一个目标才姗姗出现：来自新泽西的新晋黑帮头目平齐·布拉德福德。他带了几个手下。根据对方夹克衫下的凸起来看，应该都带着枪。所以，计划应该是尾随他们去酒店，趁他们放松戒备时展开抓捕。至少，沃伦心中的计划是这样的。

乔克不想离开机场，以免名单上的其他人出乎意料地突然出现，成了他们的竞争对手捡来的功劳。所以，他尾随布拉德福德和他的手下去了出租车上客区，想凭一己之力抓捕对方。当沃伦

031

意识到自己搭档的打算时，一切已为时过晚。他刚听见枪声就开始跑，比以往任何时候都跑得快，但他还是感觉一切都在以慢动作播放。当他离开航站楼时，乔克已经倒下，奄奄一息。沃伦也开了几枪，击伤了布拉德福德的一名手下，而自己的搭档却已回天乏术。

葬礼结束后，沃伦几次去探访乔克的妻儿，但每次气氛都很快会变得凝重起来。他知道他们无法把乔克的死归咎于他——他完全不知道自己的朋友打算那么快动手——但他们很气愤，为什么他没有做出正确的选择，跟他的搭档一同殉职。从此之后，沃伦便开始独自工作，经手的那些案件的重要性也大幅降低了。抓捕暴徒的那些岁月已一去不返，现在他大把的时间都用在了追捕轻罪犯和骗子上。如果这次调查不是要求"全员出动"，他现在一定在为探员同事们准备咖啡。

他爬上六楼的时候，天已经开始下雨。几位法证人员正收拾设备准备收工。他们一见沃伦那涨红的脸，便彼此交换了一个心领神会的打趣眼神。

"嘿，斯基特！你还好吗？伙计！你看起来可不怎么样。"

"我没事。"沃伦也不甘示弱，"你们摆弄完那些化妆刷了吗？"

这些来自实验室的家伙露出了毫不掩饰的嘲笑，随后便离开了，留沃伦一人站在原地。几分钟后，沃伦的呼吸渐渐缓和下来，然后他便走到了持枪歹徒当时所处的窗边。这整片区域都还覆盖着指纹粉，所以沃伦小心翼翼地走着，竭力避免碰到任何重要的东西。他靠近窗子，想要找出观察下方广场的最佳视角。天啊，那离得可真远啊。这枪手的枪法肯定——

"嘿，老家伙！"

沃伦猛地转过身，本以为这又是哪个犯罪现场调查员在嘲弄自己，但他背后并没有人，那就肯定是有人把警用无线电或其他什么设备落下了吧。沃伦又转回身，面向窗户——却发现乔克正盯着他。

不——那不是乔克，只不过是窗格上雨点形成的图案——但它看起来很像乔克，简直跟乔克一模一样。而且它竟然在动！

"哥们儿，怎么了？"雨滴形成的那张脸问道，"没什么话想对你的老友说吗？"

沃伦几乎快要窒息了。"乔克？"他用嘶哑的声音唤道。

"正是在下，如假包换，大个儿！"雨滴回复道，"本来还想问问你近况如何，不过我自己也看得出来。"

沃伦再次环顾四周，心想他多半能看见自己其实已横尸台阶，正迅速变凉。然而那颗在他胸腔里像手提钻般突突跳个不停的心脏却告诉他，自己还活得好好儿的。那这就只能是别的探员搞的鬼了。"行了，你们这些家伙，有意思吗？！"他大声吼道，"不管这是谁干的——你都是个变态混球！"

"朋友，没人在做任何事！"乔克说道，"尤其是你。"

沃伦转过身来，面对着自己死去的搭档，问道："你什么意思？"

"我的后援呢？老哥？子弹横飞的时候你去哪儿了？"

"我正在跑过来帮你的路上啊！"沃伦大喊道。

"跑你个头！"乔克恶毒地笑了，"能让你跑的可不只有酒吧账单吗？你漠视了我，斯基特，你任我就那么死掉！"

沃伦伸出手，用手掌抵住了窗玻璃。管它会不会留下指纹呢。"这事你怨不得我啊，"他说，"我……我毫无准备。你还独自行动了！"

"你抛弃了我！"乔克咆哮道。窗玻璃忽然凸了起来，沃伦往后一蹦，像被烫到般缩回了手。"你本该支援我，却抛弃了我！"

"不，不……不是那样的！"沃伦开始后退，但那张脸继续外凸，向他靠拢，最终形成了一个完整的脑袋。

"我可知道你为什么任凭我独自一人承受攻击，"乔克吼道，"你在我家待了那么长时间，老跟凯西和孩子们泡在一起——你想把他们据为己有！你要除掉我这个障碍，然后夺走我的家庭！"

沃伦感到泪水刺痛了他的双眼。"你怎么能这样说？"他喊道，"我永远不会那样对你。你是我的搭档！你是我的朋友啊！"

那张玻璃上的脸扭曲着，上面的雨滴聚集起来形成了一个冷笑，"是你害死了我！"

"不！"沃伦抄起一盒书，丢向了那张脸。盒子砸碎玻璃，飞出窗口，重重地砸在了六层楼下的地面上。

几乎同时，沃伦的无线电设备响了起来："斯基特探员！你需要支援吗？我再重复一遍，你需要支援吗？"

沃伦从破碎的窗户向外看去，楼下的年轻探员们正抬头盯着他。沃伦把无线电设备从皮带上取下来，回答道："不需要，不需要支援。我，呃……绊了一跤，撞到了一堆盒子上。"他从口袋里掏出一枚硬币，正准备抛，却又停了下来。他盯着硬币看了一秒钟，然后叹了口气，把硬币放回了口袋。"就当它是背面朝上吧，"他自言自语道，"我得好好吃上一顿午餐，再喝点酒。"

4

"下一位!"

玫撩开手臂上打湿的衣服,快速瞥了一眼烫伤,做了个鬼脸。随后,她循着声音走进了医生的办公室。

坐在桌旁的那人看上去跟玫心目中的医生形象不太相符。比如,他穿的是紫大褂而非白大褂,不过,他脖子上确实挂着听诊器。听他口音,像是英国人。

"你好!"他欢快地说,"我是博士,今天也要当当医生。这多激动人心呀!这是我的朋友,克拉拉护士。"他指了指屋子里靠墙站着的那位姑娘,后者愉快地朝她挥了挥手,看穿着也一点儿不像护士。

"我,呃……烫伤了手臂。"玫说道,"急诊室的女士叫我来这里,但我不确定自己是不是来对了地方。"

"当然来对了地方,"博士笑容满面,"我显然是一名医生,而你的伤势是'呜呜疼'。"他停下来望向克拉拉,问,"护士,你觉得这个病例用'呜呜疼'来形容对不对呢?"

"现在还说不好，"克拉拉回答道，"要等我们给病人做完检查才知道。也有可能是'哎哟喂'。"

"很对——简直全班第一！"博士坐在椅子上转了一圈，停下来时再次面向玫。他问道："你叫什么名字？"

"玫。玫·卡隆。"

博士棱角分明的脸上露出了大大的微笑，"玫·卡隆，我们来看一眼你的烫伤吧……"

玫小心地揭开打湿的衣服，露出了左臂上那块狰狞的红色创伤。克拉拉看见后，猛地吸了口气。

"嗯哼，"博士说着，探出身子仔细看了看，"这伤势肯定到'哎哟喂'的级别了。玫，你注意到了吗？这个烫伤的形状有点像一张脸？"

博士的这句话起到了立竿见影的效果，玫突然跌坐在地，大声哭了起来。博士往后一缩，惊得瞪圆了眼。克拉拉急忙走上前来，用双臂搂住了这位正在哭泣的姑娘。

"虽然你挂着听诊器，"她一面唏嘘，一面把玫扶到椅子上坐好，"可你对病人的态度真是糟糕透顶！"

博士看起来吃惊不小。"我说什么啦？"他做着嘴型，无声地问道。

"我不知道，"克拉拉说，"但你今天已经弄哭两个了。如果算上塔迪斯的话，一共三个。"

"没事的。"玫抽了一下鼻子,用没受伤的手揉了揉眼睛,"你没说什么让我难受的话,只不过那张脸看起来实在太像我的祖母贝蒂了。"

博士滑着嘎吱作响的滑轮椅,来到玫的身前,"祖母贝蒂,是吧?我猜祖母贝蒂已经去世了,对吗?"他估计对方会再次泪如雨下,便提前做好了心理准备,但他想错了,玫只是点了点头。

"你是怎么知道的?"克拉拉问道。

"就当我是瞎猜的吧。"博士答道。他掏出一只长得很奇怪的医疗器械,握住了玫的左手手腕。"可以吗?"

玫又点点头。博士按下了这只不知名的医疗器械上的一个按钮,它发出了刺耳的嗡鸣,还投射出亮绿色的光。这道绿光扫过玫烫伤起翘的皮肤时,上面那张脸动了起来:它的眼睛刷地瞪大,双唇翘起,呈现出阴郁的冷笑之态。

"不!"玫哭喊道,"它又来了!"她想把手腕从博士手里抽出来,藏起那张脸——但博士抓得很牢。

"我会收拾你的,姑娘!"祖母贝蒂的脸咆哮着,从玫的手臂上凸现出轮廓来,"我会狠狠收拾你的!你对我的积蓄垂涎了那么久,我会让你为那每分每秒都付出代价!"

"但我一分钱都没想要啊,"玫哭着说道,"我只希望你能好起来。"

那张脸越变越大、扭作一团,怎么看怎么像那老妇被困在了

039

玫的手臂里，正拼命挣扎着想杀出一条路来。

克拉拉抬起头，迎上了博士的视线，"博士？"

"有知觉的烫伤！"博士宣布道，"能说话的创伤！看得见的伤口！"博士因最后那个类比双眼放光，"这我也是第一次见。"

"那我们怎么办？"

"照常办，"博士如实说道，"我们给它一次机会。"他把玫的手臂转过来，让那颗几乎已经完全成型的脑袋正对着自己。

"我是博士，"他说，"你是什么人或什么东西？"

它将自己猩红的眼睛对准了博士，"我是这姑娘的祖母，这不显而易见吗？"

"不，"博士摇了摇头，"不管你是什么，你绝对不是祖母贝蒂——当然了，除非祖母贝蒂出生于一个遥远的世界，穿越了数千光年来到这里，然后组建了家庭……"

他突然想到这茬儿，便放低了玫的手臂，问道："不是这样的，对吧？"

玫眨了眨含泪的双眼，"什么啊？不是的！"

"她也不是塑料做的吧？她的手不会向外弹开，露出里面藏着的枪吧？"[1]

---

1. 指奥顿塑料人，即"活着的塑料"，其每个个体与整体意识相连，多表现为类似人体模型的塑料人，最早出现于《神秘博士》老版第7季第1集《太空先遣队》。新版剧情中出现在第1季第1集《罗丝》。

玫瞪着这位奇怪的男士,觉得他怕是疯了,"你在说什么啊?"

"啊,那我猜应该不是!"博士又把那张脸拉了过来,让它与自己面对面,"所以,我希望你能告诉我真相。你是谁?你想要什么?"

那张脸发出了愤怒的嘶鸣,渐渐缩回了玫的手臂里。

"噢,你倒是敢!"博士大喊一声,用他的医疗器械不停扫向贝蒂,把那张脸拽了回来,"话只说一半就走可是很不礼貌的!现在,告诉我你是谁。"

那张脸再次开口时,它的声音已经变了,变得更为深沉,还带着几分共鸣——听起来就像是从屋子四面八方同时传来的。"逝者将美餐一顿!"

"逝者……"博士说,"没听说过。你们来了多少个?想美餐什么?"

逝者还没回答,办公室的门就开了,一位发型干练的短发中年女子走了进来。她穿着白大褂,脖子上也戴着个听诊器。

"你们在我办公室里做什么?"她质问道。

博士关掉了发出绿光的设备。"没事的,"他充满把握地说,"我是医生。"

"去你的,"对方反驳道,"我才是这里的医生。"

克拉拉笑着蹲起身来。"我是一名护士,"她伸出手说道,"但我现在在执行秘密任务,穿着便装。"

那位女士低头看看玫，玫耸了耸肩，说："这两人我都不认识，也不知道他们在说什么。我来这里是为了治疗烫伤。"

"那你现在看看烫伤怎么样了嘛！"博士大嚷道。玫将目光转回手臂，发现逝者已经消失了，上面只剩一块形状像脸的烫伤印记。

"我再问你们一次，"那位女士强硬地说，"这次，我希望你们能说实话。你们在我办公室里做什么？"

博士把眼睛瞪得滚圆，"你办公室？噢！如果是这样，你一定就是……"他又坐着滑轮椅滑回了桌子边，在一堆文件里到处翻找，"梅丽·埃莉森医生。哦，真是个好名字！梅丽！"他在嘴里反复叨念着这个名字，还不停变换重音位置，"**梅**丽！梅**丽**！梅丽！太有苏格兰味儿了，可以反复咀嚼！"他跳起来，隔空亲了亲这位医生的左右脸颊，对方则一脸茫然无措。"见到你我简直太开心了，梅丽！你的办公室很棒，但你这桌子倒是可以收拾一下。"

"噢，嗯……好吧，"埃莉森医生说道，"我刚听你说你也是一名医生？"

"你没听错，"博士笑容满面，握着听诊器的一头，在空中上下甩动，"我也是一名医生。"

"但这还是无法解释：你在我办公室里做什么。"

"啊！好吧……"博士看向克拉拉，指望她能给出解释，但她只是耸了耸肩。"我,呃……是这样!对!我想听听别人的看法。"

"关于啥?"

博士再次抓住玫的手腕,将那块烫伤展示给埃莉森医生看,"你觉得这是什么?"

埃莉森医生从外套口袋里掏出一副眼镜戴上。"是一块烫伤,"她仔细观察着这块创伤,说道,"伤得还挺重。"她抬头看向玫,问道:"怎么弄的?咖啡吗?"

玫点了点头。

埃莉森医生摘下了眼镜,"嗯,我想也是。去年,我自己的手臂也这样伤过一回。"

"是吗?"博士边问,边挥舞着他那奇怪的医疗器械,"但问题是,你的烫伤会这样吗?"

他再次让那器械发出阵阵绿光,重新把祖母贝蒂的脸从玫的手臂里拽了出来。它愤怒地咆哮起来。

埃莉森医生满脸惊惧地向后退去,"那是什么?"

"这个吗?"博士问着,举起了那只古怪的玩意儿,"它叫音速起子。它能用声波震动一种稀有水晶,这种水晶只产自——"

"不是这个,"埃莉森医生打断了他,转而指向祖母贝蒂,"那个!"

"哦,那是逝者,"博士说道,"除了这个名字,我一无所知,但我知道它肯定马上就会藏起来。你能帮我处理一下玫的伤口吗?那时我会趁机尽力控制住贝蒂。"

博士调整了一下音速起子的设定,向那张凸起的脸发出了一波接一波的能量,终于有一击起到了作用,迫使逝者退回了玫的手臂里。

"就是现在!"博士大喊道,稳稳地保持着手上的动作。

埃莉森医生从桌上抓过一套急救工具,颤着手将一块纱布敷在玫的伤口上,然后裹好绷带完成固定。

"这有用吗?"克拉拉问博士,"如果这张脸躲起来,它会放过玫吗?"

"我完全不知道,"博士答道,"但这是我目前能想到的最佳方案。塔迪斯把我们带到这里来一定是因为逝者,但是……"

博士的声音淹没在一阵从走廊传来的刺耳的尖叫声中。他冲克拉拉咧嘴一笑,"歌声在召唤我们啦,亲爱的。"

克拉拉伸出手,说:"那就来段走廊快步舞吧?"

两人冲出办公室,后面紧跟着埃莉森医生和玫,后者手臂上的伤已处理妥当。

"这边!"博士嚷道,朝着尖叫传来的方向跑去。但没跑几步,就听到了第二声尖叫——它来自另一个方向。

博士停下来,转身朝向第二声尖叫的方向,然后又转了回来。两边的声音都越来越大,紧迫程度势均力敌。博士焦虑地挥动着音速起子，两只脚来回蹦跳，"啊！"

"这种时候我们就需要两位博士了！"克拉拉大呼。

"但我们确实有两位医生啊。"玫说道。

博士双腿站定拧过身子，双手抓住玫的肩头。"没错！"他大呼道，"当然了！多聪明啊！我们可以兵分两路！玫和我是A队，埃莉森医生——梅丽——你和克拉拉是C队。"

"B队呢？"克拉拉问道。

"就没有过B队。"博士热切地说道，"就像B计划一样——永远是第二选择。但是C计划，或者说以此类推，C队，则是新思路的结晶。"

"C队也可以指克拉拉队[1]。"克拉拉示意道。

博士眨眨眼，说："C队酷霸拽！"

说完，博士便拉起玫的手，朝着第一声尖叫传来的方向跑去。

博士和玫发现，发出尖叫的人在妇产科的一间产房里。那是一位年轻的金发孕妇——此时此刻，她的金发浸满汗渍，粘黏在头皮上。她平躺着，双膝屈起，身下的床单凌乱濡湿，身上则盖着医院里那种薄毯。

博士喘着粗气进入产房时，她停止了尖叫。"你好，露比！"

---

1. 克拉拉英文为Clara，字母C打头。

他对着挂在病床上的名牌念道,"我是博士。你怎么了?"

女子又尖叫起来,抓住了博士的手,像老虎钳一样紧攥不放。

"嗷嗷嗷嗷嗷!"博士放声大喊,想把手抽走却没能成功。"妈呀!要什么核武器啊。送一队孕妇去古巴,一天之内问题就都解决啦。"

"他要来了!"露比在大口喘气的间隙尖声说道,"我能感觉到!他要来了!"她又尖叫起来,把博士的手攥得更紧了。

博士唰地抽出音速起子,用它松开对方的手,抽出了自己的。"谁要来了,露比?"他边问,边甩着自己青肿不堪的手,想让它恢复知觉,"谁?"

"可能她是指这个,博士。"玫掀开毯子,露出女子的碎花睡裙,图案下方隆起了好大一块。

"哎呀!"博士说着,突然不自在起来,"这可真是个新家伙——孩子也好,这种情况也好。"

博士忽然发现一名护士躺在床尾的地上。"噢,太好了!"他大喊道,"终于有点别的东西可以看了。"他迅速弯下腰,用音速起子扫过那位护士。

玫代替博士走到床边,把毛巾放进水盆浸了浸水,用它来擦拭女子的额头。"那位护士怎么了?"她问道。

"她晕倒了,"博士回答,"如果你仔细想想,就会觉得这有点奇怪,她早该见惯这种情况了吧。"

"博士……"玫边说边从床边退开。

博士没有理会玫,只是拍了拍昏迷不醒的护士的脸颊。"你好?"他轻声问道,"有人吗?"

"博士!"

博士把自己的口袋翻了个底朝天,口中啧啧有声,"我把索伯利安嗅盐[1]忘在那件湿外套里了。"

"博士!"

"怎么了?"

"是逝者!"

博士仿佛一只受惊的猫鼬般站了起来,双眼环视过整个房间,定格在露比浸满汗渍的碎花睡裙上。裙子正面印着雏菊的图案,在准妈妈肚子上方形成了一张脸,一张男人的脸。跟玫那块烫伤上的脸一样,它逐渐凸显出来,嘴巴一张一合,扭曲成可怖的形状。

"女人!"那张脸大喊道,"你他妈很清楚,那不是我的孩子!我才不会掏钱养别人的孩子!"

露比扭过头,把脸埋进枕头,哭了起来。每次啜泣都会让她的整个身体颤上一颤。

逝者的脑袋现在完全成形了,它转过来怒视着露比。"就是这样,女人——继续哭吧!"它啐道,"你就只会哭哭哭!"

---

1. 闻后有恢复或刺激作用,使呼吸运动加剧,从而使人苏醒,亦可用以减轻昏迷或头痛。

"噢，天哪！"玫说道，几乎无法直视，"那是谁？"

"那是我丈夫，泰勒，"露比边啜泣边说，"但别听他说的那些话。他就是这孩子的父亲。"

"我从未有过哪怕一秒的怀疑，"博士说，"我只是觉得他不应该像这样、在这里。"

"他之前在监狱里，"露比说，"但他们告诉我，他在一场斗殴中死了。"

"恐怕是真的。"博士说。他走近病床，将音速起子握在身前，"我知道你不是真的泰勒。你是逝者！"

花纹形成的脑袋转过来，瞪向博士，"逝者将美餐一顿！"那更为深沉的语调跟之前一样，仿佛同时回响在房间的每个角落。

"在我的医院里可不行！"博士说着，打开了音速起子。那张脸像愤怒的公牛般咆哮着，潜回了睡裙面料里。脸一消失，博士就抓起毯子扔给露比。"别再让其他什么人看到你的睡裙了，"他说，"这是命令。"

他像转回左轮手枪一样转回音速起子，对玫露出了大大的笑容，"又干掉一个！"

露比再次尖叫起来。"他要来了！"她哭喊着，"他要来了！"

博士转过身来，叹了口气，"我都跟你说了别掀开毯子！"

"呃，毯子还在，博士。"玫微笑着说，"这次她指的是别的东西。"

博士愣了一秒钟，然后睁大了双眼，"啊！"

他冲到产房门口，朝走廊两边都望了望，"有人吗？这里有紧急情况！"没人回答。"有人要生了？"还是没人。"免费饼干！"

"免费饼干？"玫问道。

博士耸了耸肩，"放在我身上就很管用啊。"他在昏迷的护士面前蹲下，再次拍了拍她的脸颊，这次用力稍大。对方仍然没有反应。"噢，你对我一点儿用也没有。"

博士终于认命了。他脱下夹克衫，理了理领结。"玫，"他指挥道，"给我准备干净毛巾、大量热水，再来点儿可以咬的东西。"

"博士，你这是在接生，不是在搞截肢；而且这也不是维多利亚时代的英格兰，"玫说，"她不需要咬什么东西。"

"我知道，"博士说着，用力咽了一下口水，"那是为我准备的。"

1929年8月20日

年轻的本杰迈开双腿，全力奔跑着。夏末的暖风拂过他的脸颊，特斯也在他身旁欢快地汪汪叫着。本杰的运动鞋摩擦着草地，沙沙作响。在晚霞的映照下，他的影子投射在身前，显得又细又长。很快，他和特斯就得回头往家赶了——但他想先到栅栏那里去。那些坚固的木栅栏围住了一个农场，从很多方面来讲，也困住了本杰的童年。

就算他做完家务，父亲也只允许他走这么远。不知为何，每每想到栅栏那边的东西，他总会觉得紧张。没错，那是格雷迪老夫人的地盘，她对擅闯者从没有好脸色——但他知道，并不是这个原因。仿佛他只有待在栅栏这边才安全，在另一边就不行。不过，像今天这么美好的日子，他可不愿浪费时间来担心这事儿。

他知道秋天即将到来，地里有许多农务要忙，返校日也逐渐迫近，在又一个似乎永远不会结束的夏季过后，他的功课都忘得差不多了。当然，他也十分盼望与朋友们见面。趁着天气还不算太凉，他们可以一起在湖里打水仗，然后花上整个周末在钓鱼点附近游荡。但在此之前，世界上最重要的事莫过于一个男孩和他的爱狗一起玩耍。

栅栏就在眼前。尽管本杰已经跑岔了气，搞得两肋生疼，却仍突然加速，一心想比特斯先跑到栅栏旁边。特斯已经是条老狗了，她和父亲一起"退休"，后来就成了家养宠物。他边跑边低头看着特斯，面对眼前的冒险，她那深色的大眼因为兴奋而睁得滚圆。他们俩又一起奔跑了起来。

本杰率先到达了栅栏边，他伸出一只手拍向木头栅栏，宣示着自己的胜利。他背靠着栅栏，呼吸急促，脸颊也因为奔跑而变得通红。特斯愉快地汪汪叫着，跳起来扑向他。她的前爪抵住了他的胸膛，他则用双手紧紧抱住她，同时他也小心翼翼地避开了她肚子上突出的硬块。现在，哪怕只是不小心碰它一下，她都会痛苦地吠叫起来，而他完全不愿弄疼她。

他俩一起倒在了冷凉的草地上。特斯奔上前来，用她长而粗糙的舌头舔着本杰的脸。本杰笑了起来，努力把特斯推开了些，他俩拉开的距离在一两分钟后又恢复如初，他也再次擦起了沾在脸上的口水。

他的呼吸终于渐渐平静下来，他翻了个身躺在地上，盯着装点在晴朗的蓝色天空上的些许云朵。他从地上拔起一根修长的草叶塞进嘴角，动作和他父亲如出一辙。特斯侧躺着身子——她再也无法舒服地俯卧了——她将脑袋枕在本杰的手肘上，急促地喘着气。

"老姑娘,你懂的,总有一天我要离开这个地方。"本杰说着,嘴里的草叶随着他的吐词不住地颤动,"我知道爸爸想让我留在这儿,帮着料理农场。他老是说个不停。"他压低声音,模仿起自己的父亲来,"儿子啊,你得从最基础的学起,就像我、我父亲、我爷爷做的这样!"本杰顿了一顿,把草叶换到了另一边嘴角,说:"但那不适合我。"

特斯大大地打了个呵欠,然后又躺回了他的手肘,呼吸也变得缓慢而均匀。"我要去大城市,特斯——我走的时候会带上你的。我才不要一辈子追着牛群跑。不,我才不干,长官。我要有所成就,也许我会像洪娜福特小姐的兄弟那样成为银行职员,也许我会成为街角药房里的员工,遇到各种各样有趣的人。谁知道呢?"

本杰陷入了沉默,他的目光从一朵云游移到另一朵云上,想要从中辨认出一些熟悉的形状。教堂那边的那朵看着有点儿像长腿大野兔——假如它因为打了一架而只剩下了一只耳朵的话。从地平线方向飘过来的那朵则酷似马戏团帐篷,也就是春天在镇里支起来的那顶。本杰闭上双眼,仿佛回到了那个时候——他一只手拿着一根棉花糖,另一只手握着演出票,坐在拥挤的木凳上,旁边是同学简。杂技演员们在下方圆形场地上为大家逗乐——他已经扔掉了手里的棉花糖,转而抓住了她的手,紧紧地攥在手心里。此时此刻,他几乎能够身临其境地回到……

"本杰明!本杰明!醒醒!"

本杰突然睁开眼睛,却发现自己置身于一片黑暗中。他已经睡到天黑了吗?如果是的话,他就错过了晚饭饭点,回去还免不了遭到母亲一通教训。但,不是这样的——太阳还在天上,最多不过稍稍落下了一点。一团阴影笼罩在他上方,呈现出一个戴宽边帽的高个子男子形象。

本杰手肘撑地坐起身来,眯起眼睛看了看站在自己上方的那道人影,"爸爸?"特斯还躺在他旁边。她轻轻翻过身,肚子着地,爬了起来。

"我还在想在这里应该能找到你,"他父亲靠着栅栏,抬起一只脚踩在木柱上,那只靴子满是尘土,"还有特斯。"

本杰站起身,注意到他父亲的马正在不远处嚼食长长的草叶。他觉得自己一定睡得很熟,所以才没有听到他们过来。"为什么,爸爸?"

父亲停顿了很长时间才答道:"兽医威廉姆斯先生来看了看小牛的情况,就是从不离开它妈妈、骨瘦如柴的那只。前不久,它的眼睛还感染过。"

"我知道它。它还好吧?"

他父亲点点头,"小牛没事,但威廉姆斯先生几周前给特斯做检查的结果出来了。"特斯听到自己的名字,脚步轻快地跑上前去，让这位农场主弯腰挠了挠她的耳朵。

"他给她带药了吗？"

"没有。"

"那怎么办？"本杰目光下移看了看特斯，突然紧张起来，"他要把她带回去做手术吗？你之前说过，他可能必须这么做。"

他父亲转过身，本杰这才发现他背着猎枪。"本杰，特斯已经是条老狗了，"他说，"她有过幸福的时光，现在她病了。"

本杰的眼泪刺痛了他的双眼。"但她会好起来的！"他大声吼道，"我知道她肯定能。"

"不，她不能。"父亲强硬地说道，"让她白白承受痛苦，对她也不公道。"他直起身子，打开猎枪的弹夹，从外套口袋里拿出了弹药。

本杰惊慌失措地抓住父亲的手臂，"不，爸爸！"他乞求道，"你不能这么做！"

他父亲甩开了他。"这是我必须做的！"他说着，把弹药推进弹夹，然后合上了它，"特斯曾经付出过劳动，她理应获得尊重——如果那意味着结束她的苦痛，我就会那么做。"

本杰泪如泉涌。他把特斯叫到自己身旁，又抱起了她。"求你了，爸爸！"他声音低哑，几近耳语，"不要！"

"现在，你有两个选择：一，像男人一样帮我找一块阴凉舒适的地方，作为特斯的安息之地；二，像孩子一样哭着跑回家找

055

你妈妈。你选哪一个？"

特斯舔舐起本杰脸颊上的泪水来。

"怎么说，小子？"

5

克拉拉和埃莉森医生找到了尖叫的出处,它来自走廊尽头的空病房。让她们吃惊的是,那声惊叫不是由病人发出的。

"这是谁?"克拉拉压低声音问道。她们发现一位年轻的男医生正靠着一扇打开的窗户,满眼恐惧地盯着某张病床的旁边,他的眼泪汹涌而下。"你认识他吗?"

"安德鲁·罗斯,"埃莉森医生答道,"他是新人,刚参完培训。过去那几个月里,我负责带他。"她朝安德鲁喊道:"安德鲁,我是梅丽。发生了什么?"

然而,那位年轻的医生并没有回答,他的双眼依旧聚焦在地面的什么东西上。

"好吧,"克拉拉冷静地说道,"安德鲁……我们过来了……"她绕着床尾慢慢走动,埃莉森医生跟在后面——然后她们终于看见了他盯着的那个东西。

地上有一只打翻的血袋,从里面流出的血液聚成了一摊黏稠的红洼,上面鼓出了一个脑袋,看起来像一位年轻女子,似乎还是个美女——但这也很难辨别。这颗血脑袋凝视着安德鲁·罗斯,挑逗地笑着,还舔了舔那猩红的嘴唇。

"我从来没有爱过你,安迪,"它说道,"早就等着你发现我和切特的事了!"

"别!求你了,索菲,"安德鲁乞求道,"求你了……别这样。"

埃莉森医生的脸色顿时变得惨白,"啊,我的天哪!"

"怎么了?"克拉拉问,"那是谁?"

"他老婆索菲,"埃莉森医生解释道,"至少,可以算前妻吧。她在车祸中去世了——车里还坐着其他男人。她告诉安德鲁,她要去奥斯汀照看自己生病的母亲,却在去沃思堡的汽车旅馆的路上出了车祸,死在一辆卡车的车轮下。这件事击垮了他,他才刚刚回来工作。"

"找东西把它盖起来。"克拉拉说。埃莉森医生跑向最近的那张病床,扯下了床单。

"我原谅你了,索菲。"安德鲁哭着说道。他又往后退了一点,靠紧窗框。"我不在乎你背着我跟什么人在一起,我知道你不是故意伤害我的。"

"原谅我?"那个脑袋口沫飞溅地说道,"我不需要你原谅。我要他!"

"安德鲁!"克拉拉说,"别听它的,那不是索菲。它叫逝者。我觉得它正想方设法地要让你难过,别中了它的招啊。"

安德鲁却仍然只是一脸惊恐地盯着亡妻的头颅。

"那么多独守空房的夜晚,"那颗泛着光的头咆哮道,"是你逼我的,安迪!你逼我投入了其他男人的怀抱!"

"但我必须加班啊,"安德鲁说道,声音轻得几不可闻,"我有病人得照顾。"

"我还有个丈夫呢——但他却没尽到应尽的责任!"

安德鲁的脸皱成了一团。"求你了,回到我身边来吧,索菲!"他哭喊着,坐到了窗框上。窗外的微风翻动着他衬衫的后襟。

埃莉森医生绕过克拉拉,把床单向那摊血扔去,盖住了那颗脑袋。它随即缩回了地面。

"安德鲁!"埃莉森医生大喊着,向他伸出一只手,"快离窗户远点儿。它已经不见了。"

"我……我打翻了一只血袋,"安德鲁边说,边眨着眼睛挤开眼泪,"它裂开了,打翻在地板上——然后就出现了一张脸。索菲的脸!"

"没事的。"埃莉森医生安慰道。

"不,有事!"一道声音传来。房间里的三个人转过头,看着地上的床单——那摊血逐渐浸湿了它,那张脸也渐渐重新成形,"如果不是你逼我像学生妹那样出去偷腥,我就还活着!"

"不!"安德鲁恳求着,转过头望向窗外,好几层楼之下,才是地面,"不是的!"

埃莉森医生向前走了一步,她的眼眶湿润了。"安德鲁,"她说道,"无论你觉得现在发生了什么,都不是真的。抓紧我的手,我们好好谈谈。"

安德鲁·罗斯再次抬起双眼,凝视着自己的良师益友,"对不起,"他小声说道,"我必须跟她在一起。"然后,他向后一倒,跌了下去。

博士轻轻抱着新生的婴儿,左右摇晃着,他露出大大的笑容,说:"终于啊,是个女孩儿!"

玫忙着照顾露比,给她擦擦额头、拉拉床单。"你打算给她起什么名字?"她问道,"有什么想法吗?"

露比耸了耸肩,道:"我一直觉得应该是个男孩,就沿用他父亲的名字。"

"什么?"博士说,"要叫'碎花睡裙恐怖脸'吗?我觉得学校里其他孩子可能会嘲笑她的。"

婴儿咯咯一笑。

"哦,好吧,"博士说,"没必要用这种字眼吧。"他把孩子递回母亲手里,"她说她的名字是'杀型3000',但我觉得更日常的版本应该是贝蒂。"他冲玫眨了眨眼,然后发现床尾躺着的护士慢慢恢复了知觉。

"噢,你现在倒是肯醒过来了!"他大喊一声,把护士扶上了椅子。"过个二十分钟你就没事了。"他亲切地说道,然后发现克拉拉站在走廊上。

"你好!"博士笑容满面地站了起来,"我们玩儿得可开心了。你呢?"

克拉拉摇了摇头。

"啊。埃莉森医生呢?"

"她……她离开了。为了一位朋友。一位……一位去世的朋友。"

克拉拉还在说话,外面已传来了更多的尖叫和求救声。

"我们必须搞清楚这里到底怎么了,然后阻止它。"博士说,"为什么选中这家医院?为什么要在这个时间?"

"不只是这家医院,"玫说,"记得我的祖母贝蒂吗?我的烫伤就是那么来的,但那件事不是在这里发生的。"

博士抓过夹克衫,"带我去看看!"

他们沿着医院走廊跑向塔迪斯,一路上遇到了不少尖叫和凸出的脸。一个孩子的脑袋从一碗燕麦粥的颗粒上浮现出来;一位老人扭曲的脸出现在运送脏床单的手推车上;克拉拉之前看到的那个沉着脸的女人正双膝跪地,痛哭不已,在她身旁那散落一地的花束中,升起了一张年轻士兵的脸庞。

博士边跑边试着帮助这些人,对每张脸他都用音速起子嗞了几下——但那些脸实在是太多了。他必须找到问题的本源,然后斩草除根。

三人组转了个弯,来到塔迪斯前方,然后僵住了。塔迪斯门上粘着污泥,上面凸现出一张人脸来。博士抓住玫和克拉拉,把她们拉了回去。"啧,真好,"他压低声音嘲讽道,"怕什么来什么。"

克拉拉点点头,闭上眼,脖子紧贴身后冰冷的石头墙面,"鲁本叔叔。"

博士转过身望向克拉拉,"什么叔叔?"

"鲁本叔叔,"克拉拉说,"不是亲叔叔,是长辈的朋友。不过我真的很喜欢他。"

"不,不,不对,"博士说,"那不是你鲁本叔叔,是阿丝特丽德。"

"你之前也提过这个名字。阿丝特丽德是谁?"

博士叹了口气,"阿丝特丽德·佩斯,一位服务员。她开着叉车把一个自大狂推进了曲速引擎里。多亏了她,我才能在圣诞节那天阻止'泰坦尼克号'撞上白金汉宫。[1]"克拉拉满脸震惊,博士移开了视线,"说真的,一口气把这么一段故事说完,确实会让它听起来像天方夜谭。"

"没错,"克拉拉扬起一边眉毛,说道,"是挺像。"

---

1. 详情可见《神秘博士》2007年圣诞特辑《诅咒之旅》。

"你俩都错了,"玫坚持道,"那还是我的祖母贝蒂。"

博士双眼一亮。"这就有意思了!"他说,"我们每个人在那团泥里看到的人都不同。"他又转向克拉拉,"顺便一说,这简直是你的典型风格。明明那整颗星球都是肥皂泡,你却还能把塔迪斯给弄上泥!"

"别发牢骚了!"克拉拉嚷道,"等这里的事情办完了,我们可以把它开到'洗车星'之类的地方去。"

"开到?"玫揉了揉自己的额头,问,"满是肥皂泡的星球和洗车星?你俩在说什么?是什么暗号吗?"

"等我们摆脱了这些可怕的脑袋,就给你解释。"克拉拉保证道,"话说回来,塔迪斯门上的脸我们怎么处理?"

博士咧嘴笑了,"我们再看一眼——只看一秒钟。"

于是,克拉拉、玫和博士从拐角处一一探出头,再次望向那张泥脸。然后,他们又把脑袋缩了回来。

"好了,"博士说,"你们看到了谁?"

"贝蒂祖母。"玫说。

"鲁本叔叔。"克拉拉说,"你呢?"

"阿丝特丽德·佩斯。"博士说。

"怎么回事?"克拉拉问,"为什么我们会看见不同的人?"

"逝者一定使用了通灵链接,"博士道,"伸出了精神触角——噢,这个说法真棒!精神触角!记得提醒我再用用这个词。它们伸出触角，触碰到别的心灵，然后利用那个人的记忆，形成对方熟悉的面孔。我猜，每个逝者起初只会借助已有纹路形成随机的脸孔，但它们会不断向外触碰、刺探，直到发现猎物。一旦搭建起精神链接，它们就会在你的记忆里搜寻你认识的人——你思念的人——利用你对那个人的记忆，诱你坠入陷阱。"

"太可怕了！"克拉拉惊道。

博士点点头表示同意，"和我的通灵纸片的原理差不多。但它们很恶心，专门搜寻那些不愉快的记忆。"

"所以，那些东西中的一个，用类似触角的东西抓住了我，"玫问道，"于是我才看到了我祖母？"

"是的，但你抵抗住了，"博士说，"你现在也还在与之抗争。"

"但那些逝者到底是什么？"

"它们是外星人。"博士如实说道。

玫重重跌靠在身后的墙壁上。"我真的是疯了吧，"她说，"我才刚刚应付过了去世的祖母从我手臂上冒出来的事，现在你却又开始跟我讲什么来自火星的小绿人？"

"我敢肯定，它们不是火星来的，"博士说，"就我所见，它们也不是绿色的。不过，火星上的外星人还真是绿色的，这倒挺有意思。但它们不'小'，说话时还会发出嘶嘶声[1]。"

---

1. 指冰雪战士，其最早出现于老版《神秘博士》第5季，呈人形，高大魁梧，身穿铠甲。

克拉拉见玫满脸困惑，便插了一句，"我知道这很难相信，"她说，"但外星人确实存在。我已经见过一些了。总的来说，他们都还不错。"

博士用手理了理领结，得意一笑。

"你肯定听过那个故事吧，在20世纪40年代，"克拉拉继续道，"有一艘宇宙飞船在罗斯威尔坠毁了，51区还是啥，是不是叫这个？"

"新墨西哥州的罗斯威尔？"玫嘲笑道，"那只是个恶作剧而已。"

博士哼了一声，嗤道："那绝对不是什么恶作剧。我明明都跟他们说了，要保护热耦合得用更好的护盾。但他们信我了吗？没有！看看他们的下场吧。"

"关于这事儿你可得相信博士。"克拉拉热心地说道，"他是对的。"

玫做了个深呼吸，然后叹了口气。"好吧，"她说，"除非我能听到什么更好的说法，来解释这里到底发生了什么……它们是外星人，却并非来自火星！"

博士露出了灿烂的笑容，"这么想就对啦。"

"那现在怎么办？"

"我们进塔迪斯里去。"

"塔迪斯？"玫问道。

"他的蓝盒子。"克拉拉说着,转身朝向博士,"我们要怎么绕过那张诡异的脸和它的精神触角?"

"喂!"博士斥道,"你自己找个绝妙的形容不行吗?!"他停下来思考了一小会儿,"这张脸在泥上,所以我们用克拉拉的办法来解决……"他冲到走廊对面,启动音速起子,让闪烁的绿光照在写着"保洁"字样的门的门锁上,后者发出轻微的咔嗒声,门随即打开,里面是拖把、水桶和标准尺寸的罐装液体皂。"瞧呀!"

"你永远不打算放过这茬儿了,是吧?"克拉拉说。

博士摇摇头,"当然。"

三人组抄起清洁工具,来到盥洗室后墙那满是裂痕的水槽旁,给水桶装满了水。"好了,"博士小声道,"听我数到三……三!"

他们一起跳出墙角,那个脑袋又从泥里探了出来,一看见他们便愤怒地尖啸起来。"小心精神触角,"博士一边警告,一边试着用音速起子控制那张脸,"别让它们连接上你们。"

"就现在!"克拉拉大喊一声——攻举起那桶肥皂水,迎面浇在塔迪斯正门上,给那张愤怒而扭曲的脸来了个出其不意。克拉拉用力抡起拖把,对准逝者此刻软绵无力的脸,把它推回了门上。

"就快成功了!"博士大喊着,走近那张不断萎缩的脸,把音速起子调高了一档。克拉拉拼命地来回擦洗那块污渍,污水随之淌过他们的脚边。终于,那块污渍和那张脸都消失了。

"太好了！"克拉拉和玫兴奋地喊着，丢下了拖把、水桶，空出手来彼此拥抱。博士举起手，打算跟人击掌，却发现没人回应，于是只得假装自己不过是想舒展一下筋骨。

"好了。"他边说，边把音速起子收了起来，"我们去玫的办公室吧，也找找这一切的源头……"他打开塔迪斯的门，飞快地跑进去，奔向了控制台。

克拉拉往后退了一些，让玫先进去。这位记者站在原地，目瞪口呆，铺天盖地的不真实感向她席卷而来。"它……它里面比外面大！"玫直愣愣地注视着眼前的场景。

"小心，"克拉拉悄悄说着，跟玫一起走进去，关上了门，"别让他听到你这么描述她。他会唠叨个没完的。"

克拉拉匆匆走到控制室中央，去了博士身边。玫乘机看了看——她不知道该用什么词来描述它，那是个六边形的桌子，上面布满了按钮、开关和操作杆。她小心翼翼地走上前去。

"等一下，"克拉拉说，"我记得那个什么飞星装置坏了啊？"

"是飞行航控器。"博士纠正道。他的手指来回摆动着，让他看起来像个蓄势待发、准备记录的秘书。"确实坏了，不过这次旅行我们用不上它。"

"这是什么地方？"玫边问边向前走了一步，但她却不太敢靠近控制台。

"塔迪斯啊。"博士笑容满面，挺起了胸膛，"时间与空间的相对维度¹。她是不是很可爱？"

"这是艘宇宙飞船，"克拉拉看了他一眼，解释道，"也是一台时间机器——二合一。不过,现在'时间机器'的部分暂时坏了。他认为是我把塔迪斯弄哭了，所以那部分不管用了。"

"但她还是可以完成空间转移！"博士强调道。

玫神情紧张地看了看博士，又看了看克拉拉，然后又看向了博士，"你们不是医院的工作人员，对吧？"她边问边缓缓后退，"你们是病人，精神科的！所以你们说的话我一句也听不懂！"

她忽然冒出了一个念头，动作随之一顿，"噢，我的天哪！我跟你们一样也在精神病房里，对吧？那些脸——都是我想象出来的。我发疯了！"

博士迅速跑到玫身旁，抓住她的手，然后拧了一下她的手背。

"嗷！"

"看吧，"博士微笑道，"你没有幻想出任何东西。我知道要一下子消化这么多东西很难，但这一切确实是现实。"

"真的？"

"真的。而且克拉拉说得对，在我把塔迪斯修好前，她没法穿越时间，但可以转换空间，哪怕要去宇宙最遥远的边界也不在话下。所以，你今天早上是在哪儿第一次看到祖母贝蒂的脸的？"

---

1. 塔迪斯英文是TARDIS，即"Time And Relative Dimension In Space"（时间与空间的相对维度）的缩写。

"在我办公室的桌子上。"

"办公室在……"

"《达拉斯晨报》。在青年街上,离这里大约四英里[1]。"

博士眨了眨眼,问:"四英里?"

玫点点头。

"好的,好吧——那简直太小菜一碟了,不是吗?"博士喃喃着松开玫的手,走回了控制台边,"不过,好歹也算能带这位老姑娘去透透气吧……"他在键盘上敲打着地址,"《达拉斯晨报》……青年街……达拉斯……得克萨斯……"博士走到六边形桌子的另一边,噼里啪啦敲了一堆按钮和开关,仿佛弓着腿的芭蕾舞演员般转着圈,"给热缓冲器加点燃料,更新一下纳米存储器,再弄好阻风门,毕竟今天室外有点儿冷!"

他冲玫眨了眨眼,然后拉下了飞行操作杆。

"嗡嗯-嗡-嗡-嗡-噢-噢-噢-呜-呜-呜-呜-呜!"

塔迪斯像一辆快要没电的车一般升降着引擎。

"什么?"博士又按了一些开关,然后再次拉下操作杆。

"嗡嗯-嗡嗯-嗡嗯-嗡-嗡-嗡-哦-哦-哦-哦-呜-呜-呜-呜!"

---

1. 1英里=1.6093公里

"不，不，别！"

"这你可不能赖我！"克拉拉厉声道。

博士转过身去，看样子本想说上两句，最后却只是像一位苛刻的老师般摇了摇食指。他转了回来，继续摆弄着控制面板。

"它怎么了？"玫问道。

"没怎么，"博士说着，有些恼火，"她就是不愿意起飞。"

玫笑道："所以它也不能在空间上移动了？"

"她可以的！"博士嚷道，"但有什么东西阻止了我们去物质化的起飞过程。"博士快步走到监视屏旁打开它，同时交叉手指暗自祈祷，希望别再遇上沉浮于自己记忆中的其他脸孔。屏幕嘶嘶响了几声，猛地亮了起来。"那里！"他边说，边用中指戳了戳屏幕，"就是这东西影响了我们。"

克拉拉和玫都快步走到了博士跟前。

"那是地球吗？"玫抬头看着屏幕问道。

"实时画面。"博士给出了肯定的回答，"我黑进了某颗史波尼克卫星[1]的摄像头。"

"但那颗星球有星环，"玫说，"看起来像土星，不像地球。"

"那不是星环，"博士解释道，"是个虫洞，或者至少可以说是虫洞的一个出口。"博士关掉显示器，额头往上一靠，"所

---

1. 由苏联发射的一系列人造卫星，其中，史波尼克1号是世界上第一颗人造卫星，发射于1957年。

以塔迪斯才不愿意起飞,太危险了。"

"但我读过的所有科幻小说都告诉我,虫洞是类似宇宙隧道的东西。"克拉拉说。

博士点点头,道:"没错,没错,非常好。"

"而这隧道的一端正包围着整颗星球?"

博士的手指在空中比画起来。"你可以想象一个巨大的甜甜圈,"他说着,用手画了个极大的圆,又突然摆了摆手,"说真的,还是算了。完全不是那样。忘了甜甜圈的说法吧,它更像是苏格兰蛋[1],随便什么玩意儿吧——重点在于,现在有个虫洞一端连着地球,另一端通向……别的地方。"

"逝者就是这样过来的吗?"玫问道。

"我敢拿我的领结打赌,一定是的。"博士说,"你今早第一次见到它们是在你的办公桌上,我得去看一眼那张办公桌。"

"但是塔迪斯不肯起飞啊。"克拉拉说。

博士扬起半边眉毛,说:"那我们就得另找一种交通工具啦……"

---

1. 英国特色食品,常见做法为:用绞肉或香肠碎肉裹住煮好的鸡蛋,覆上面包屑,油炸加工。

6

原来，偷救护车竟然这么容易。司机被转移了注意力，正眼含悲伤地凝视着一张从停车场的砾石里探出来的脸。因此，博士只需用音速起子启动引擎，然后他们就把车开走了。玫已经给博士说明了去晨报办公室的路。

大街上的场景跟医院里面一样糟糕。逝者的脸从四面八方——凸现出来，用精神触角缠住了它们的猎物。人们惊恐地看着它们，眼泪横流。

"这太可怕了！"克拉拉大声说道。她站在救护车后部，扒着前座椅背，"我们得帮帮他们。"

"我们会帮他们的，"博士保证道，"但我们没法挨个儿对付它们。因为就算我们干掉一张脸，紧接着又会冒出几十张脸。我们必须从源头进行遏止。"

"就像关掉水龙头那样？"玫问道。

"正是，"博士愉快地说，"一只塞满了脸的诡异水龙头！"

"我不明白，"玫说，"我从小就能在各种东西里看见脸啊。

小时候，家里墙纸的图案上就有一张；大学宿舍浴室天花板上的霉斑里也有一张，不管我洗刷多少次，它总会长回来。不过，我的室友们似乎从没注意到它，自然也没有清理过它。"

"有些人更容易受到精神力的影响。"博士边解释边转动方向盘，避开了前方的老妇人，她跪在路中央，跟从邮箱后面探出脑袋的小男孩聊得正欢。"你从看似随意的设计或物品摆放中看出了隐藏的面孔，其他人却看不到，这意味着你比别人更易感知精神力的影响。"

"所以我这辈子其实一直生活在外星人的包围中？"

博士点点头，"这种事情发生的频率其实远超你的想象。"

"但这是为什么呢？"克拉拉问道，"如果逝者早就来了，为什么等到现在才现身？"

"我不知道，"博士承认道，"但我会弄明白的。"然后，他忽然踩下了刹车。

"怎么了？"克拉拉问。

"差点没发现。"博士说着，给救护车掉了个头。

"没发现什么？"

"那位老妇人没有哭。"

博士把救护车停在对面，随后跳了下来。"你好！"他大步穿过马路，同时大声呼喊着，"我是博士。这里出了什么事？"

老妇抬起头来，五官无不透露着担忧。"这是萨米，"她说着，指了指躲进灌木丛的男孩，"他跟我住同一幢楼，在我上面两层。我出来寄信，却发现他在这里。"

"你好啊，萨米，"博士说，"今天可真奇怪，是不？"

小男孩没有回答。

"好多可笑的脸从墙面或别的东西里伸了出来，"博士继续说道，"你看到了吗？"

萨米点点头，道："我妈妈看到了。"

"你妈妈现在在哪儿？"博士问道。

"在我们家，"萨米回答道，"跟我爸爸说话。"

"那你怎么没在家？你不想跟爸爸聊几句吗？"

"我爸爸在天堂。我妈妈在哭。"

"啊，我明白了。"

那位老妇人微笑道："我问萨米愿不愿意到我家来，等他妈妈好些了再回去。我想我们可以吃吃曲奇饼干，一起看看动画片。我刚做了一批提子麸饼。"

"嗯，听起来是个好主意，"博士说，"对今天这种日子而言，最好的处方莫过于《兔八哥》和提子麸饼啦——我可是一名医生。萨米，你觉得怎么样啊？"

小男孩摇了摇头，"我妈妈说过，不可以跟陌生人说话。"

"这确实非常明智，"博士说，"但我觉得，在这种情况下她是不会介意的，而且你俩住在同一幢楼里……"博士转向了老妇人。

"我叫伊蒂丝,"她说,"伊蒂丝·托马斯。"

博士握了握她的手。"很高兴见到你,伊蒂丝·托马斯。"他说,"萨米,你以前见过伊蒂丝吗?"

男孩点了点头,"我去坐校车的时候会看见她。"

"伊蒂丝见到你的时候又会做什么呢?"

"她会对我微笑。"

博士凑近男孩,小声说道:"那我觉得她应该非常友好。而且,"博士顿了顿,对着老妇人闻了闻,"她身上的味道表明,那些曲奇饼干一定很好吃!好了,现在你跟伊蒂丝去她家看动画片好不好啊?我来想办法逗你妈妈开心,然后你就可以上楼回家了。"

萨米小心地看了看博士,问:"你能让我妈妈开心点儿?"

"我是博士,我能让所有人都开心起来。"

"好吧……"男孩说着,牵住了伊蒂丝伸来的手。博士目送她带着男孩走进公寓楼,然后转身回到了救护车上。

他们一言不发地驶过了几个街区。玫望着窗外,手指在绷带上游移。"我不是为了她的钱,"她终于开口说道,"我祖母之前是这么说我的。但那不是真的。"

"那张脸并不是你的祖母,"博士说,"它只是在利用你的记忆,让你感到难过。"

玫再次眼眶一湿,"好吧,它做到了。"

"别让它得逞,"博士说,"逝者正打着这个算盘呢,以你的悲伤为食。"

"它以悲伤为食?"玫一脸疑惑地问道。

"根据我的判断,是的,"博士说,"而且它早已饥肠辘辘。"

"所以我们才会在塔迪斯的门上看到不同的人?"克拉拉问。

"它向我们三个都伸出了触角,"博士说,"想知道我们哪一个最好操控,哪一个能成为它最美味的佳肴。"

克拉拉满脸震惊,"但像这样玩弄你的记忆,这……"

"这很可怕,"博士帮她把话说完,"而且相当困难。这表明逝者很强大,强大到足以扭曲你对挚爱之人的记忆,就像它对玫做的那样。而且,它还会利用愧疚来进一步强化你已有的丧爱之痛。"

博士转了个弯,再次踩下刹车。前方有辆警车拦在了道路中央。

"抱歉,"玫说道,"我忘了。我们不能从迪利广场走,昨天那事儿发生后,警方就封锁了现场。"

博士突然伸手拍了一下额头。"我怎么没有早点想到呢?"他大声说道,"昨天!肯尼迪遇刺事件!整个国家都沉浸在哀恸中。逝者一直在等这个吧。"

"为什么?"克拉拉问道,"那件事跟这一切有什么关系?"

"千丝万缕的关系。"博士回答道,"这些脸早已在此游荡多年、小打小闹,但它们在等待契机,等待事件上演,从而获得足够的能量,最终一举冲过虫洞。"

"一场全国性的悲剧。"玫说道。

"一场全球性的悲剧。"博士说,"全世界都处于悲伤之中,这就好像我们为逝者准备了一场饕餮盛宴。"

"难怪我觉得那家医院的名字眼熟!"克拉拉叫道,"我们在学校里学过,帕克兰纪念医院是进行肯尼迪总统尸检的地方。怪不得我们刚到的时候,所有人看上去情绪都那么低落。"

"而玫的工作单位在报道这件事。"博士说,"第一次看到你祖母的脸之前,你在做什么?"

"翻看枪袭的照片,"玫说,"它们太可怕了。"

"照片让你心生不安了?"

"当然!"

"所以你的办公室和那家医院最先受到了影响,"博士边说边给救护车掉了个头,"这两个地方情绪反应最强,对逝者来说是最易攻破的点。"

"但它扩散得很快,"克拉拉说,"如你所说,这是一场全球性的悲剧。那就是说……"

"同样的事情将在全球上演。"博士说,"我们现在必须赶到玫的办公室。如果我们不出手阻止,这个世界从此将再无欢笑。"

"就是这儿，"玫说着，用手指向自己办公桌边上的那块咖啡渍，"我亲眼所见！"

博士用音速起子扫了扫那片棕色的咖啡渍，然后仔细看了看结果。"好吧，现在这里啥也没有了，"他说道，"除了难喝的咖啡和陈旧的漆面。"他转身望向克拉拉，"你呢？"他问道，"有没有看见你叔叔？"

克拉拉摇摇头，"没有。"

"我也是，"博士说，"没发现阿丝特丽德。"

"但这是好事，不是吗？"玫问道，"这表示它已经从那个什么洞回去了？"

"或者完全从里面出来了。"博士说着，再次打开了音速起子，这次他用它扫了扫整间办公室。

他们到达新闻组所在的楼层时，这里早已人去楼空。玫找到了那位年轻的体育记者吉姆，他在楼梯上哭个不停。他父亲的脸从地毯里冒了出来，高声辱骂着他。博士把吉姆的夹克衫扔到那颗脑袋上把它盖住，然后用音速起子制住了它。与此同时，克拉拉领着他走了出去。他们知道，逝者很可能要不了多久就又会卷土重来，再次俘获他的意识，但至少他们能给他一个从悲伤中脱身而出、残喘片刻的机会。

"人都哪儿去了？"克拉拉问道，"我还以为报社办公室应该忙得热火朝天呢。"

"通常来说,是的,"玫说,"哪怕发生了昨天那样的大事,这里都还是有人的。"

"除非他们都被吓跑了。"博士说着,音速起子的声音再次传来。"那里!"博士压低声音道,"听到了吗?"

"没有。"克拉拉答道。

玫摇了摇头,"我也没有。"

博士拍了拍音速起子的手柄,放大了音量。那个声音即刻变得清晰起来。

"有人在哭。"克拉拉说。

"更正一下,"博士说,"有人在这里哭。"

他们循声而去,从一排排桌子间穿过,走向了主编办公室。只见本·帕森斯跪倒在地,眼眶通红、噙满泪水。然而,他并非独自一人,他身边还跪着一名女子。她穿着淡蓝的裙子,戴着面纱,双眸在薄纱下若隐若现。

"本!"玫大喊一声,想要冲上前去。但博士抓住她的手臂,把她拉了回来。

"别过去!"

"他是我的主编,"玫说着,想要挣脱博士的钳制,"我的朋友。"

博士用力抓紧了她。"但她不是。"他说着,指了指本身边的女子。

"嗯,她是谁?"克拉拉问道。

"任何人,"博士说,"贝蒂祖母、鲁本叔叔、阿丝特丽德·佩斯。此时此刻,我估计她是本不愿见到的人。"

克拉拉惊道:"那是逝者?"

"至少可以说是它们中的一个。"博士回答道。

"所以它才不在我桌上的咖啡渍里,"玫说,"它跑出来了!"

"这是逝者攻击的下一阶段,"博士说,"一旦它潜入了你的记忆,就会变为这种形态。离它远点儿。"博士放开玫的手臂,偷偷凑上前去,蹲在那名女子身旁,用音速起子对着她扫了扫。"简单的类人生物体,"他看着读数说道,"除了……"他抓住面纱底部,把它掀了起来。

女子棕色的双眸炯炯有神,闪亮之间,也透露出好奇的神色——但那根本不是人类的眼睛。

"它们……它们看起来像是狗的眼睛!"玫大声说道。

"看着像是柯利牧羊犬,"博士说,"可能本从你看到祖母的那块咖啡渍里看到了一条狗吧。"

"但是,她……它为什么握着他的手?"克拉拉问道。

"它进到了更深的地方,"博士解释道,"侵入了他的意识里。"博士靠过去,只见它将本的手攥得很牢。它的手指修长纤细,指甲则涂为闪亮的深蓝。

"那就把它赶出去!"玫大声说道,"把他俩分开!"说着她又想往办公室里闯,博士迅速蹿起身来,阻止了她。

"我做不到。"他说,"我不知道如果贸然切断他们间的精神链接,会对本造成怎样的伤害。那或许能让他摆脱对方,但也可能会当场要了他的命。"

"那我们能做些什么?"

"不用说'我们',"博士边答边收起音速起子,"这件事得我一个人来。"他走近本,发现对方在凌乱的呼吸间小声念叨着:"这不可能是真的。这不是真的。"

"坚持住,"博士说,"我这就来帮你。"他转身面向玫,说:"给我讲讲他的事吧。"

玫仔细想了想,随即开口道:"他……呃……他叫本杰明·帕森斯,但是大家都叫他'本'。今年四十四岁,不,等等——四十五岁了。他妻子叫简。他在这里已经当了快七年的主编了。"

"谢谢。"博士说。然后他在本的另一边跪下,与那蓝纱女子相对。"那些信息会很有用的。"

"等等!"克拉拉强硬地说道,"我知道你要做什么了,你最好别那么做。"

"那不一定,"博士说,"你可能以为我准备去煮鸡蛋。如果是那样,你可错得离谱。"

"别想对我耍小聪明。"克拉拉打断了博士的话。她不再像博士交代的那样待在办公室外,而是大步走了进去,她抬眼瞪着博士,道:"你要进去是不是?进入本的意识里?"

"就进去很快地看一眼,"博士说,"这能使我找到阻止逝者的方法,让它别再以他为食。"

"如果没成功呢?如果你被困在里面了呢?"

"那样的话,至少我就不会觉得寂寞啦,"博士微笑道,"我们三个都在呢——至少三个!"

克拉拉退回门边,玫问道:"我不懂。他要进入本的意识?这是什么意思?"

"意思是,"克拉拉说,"他要竭尽全力地拯救本。"

她们注视着博士的一举一动,只见他闭上双眼,深吸了一口气,然后抓住本的另一只手,轻声说了一句话:

"杰罗尼莫[1]。"

---

1. 第十一任博士的口头禅,常被他用来表示"我来了"。

1929年8月20日

"现在,你有两个选择:一,像男人一样帮我找一块阴凉舒适的地方,作为特斯的安息之地;二,像孩子一样哭着跑回家找你妈妈。你选哪一个?"

特斯舔舐起本杰脸颊上的泪水来。

"怎么说,小子?"

"我能再加一个选项吗?"一道声音传来,"从这个男人的记忆里离开,永远别再回来。"

帕森斯先生猛地转过身来,"你谁啊你?"

"我有很多名字,"来人说着,弯下腰挠了挠特斯的下巴,"西塔·西格玛[1]、将临的风暴[2],在某个令人尴尬的周末,我还叫过马布尔。"他支起身来,面向帕森斯道,"但大多数人都叫我博士。"

---

1. 博士在迦里弗莱时间领主学院里的绰号,即希腊字母西塔 Θ 和西格玛 Σ 的组合。
2. 博士的别称,在新版第1季第13集《抉择》、第2季第4集《壁炉女孩》、五十周年特辑《博士之日》等剧集中曾多次提到。

"好吧,博士。你能不能告诉我,你在我的地盘上做什么?"

"你瞧,问题就在这儿,"博士说,"这不是你的地盘,知道不?实际上,这根本不能算是地方。"

"你在说啥啊?"

"哦,虽然给人的感觉还挺像那么回事儿,"博士说着,上下跳了几次,他的靴子随之重重落在泥上,"这点倒是值得肯定。但我们其实是在一段记忆里。"他转身朝本杰微笑道,"你的记忆。"

"我的记忆?"本杰问道,"你是说我在做梦?"

"有点像,"博士说,"但不是你我通常做的那种梦。实际上,完全不是我会做的那种梦。你不会想体会那种梦的,除非你愿意在玛特布雷斯三号星[1]上被巨型芹菜追着跑。不,你的脑子里有个外星人,本。一个名叫'逝者'的外星人,它想以你的悲伤为食。"

帕森斯先生举起猎枪瞄准博士,说:"你如果识相,就乖乖闭嘴。"

"换成是我,就不会在这里开枪。"博士警告道,"谁知道你会对本的记忆造成什么伤害?你如果运气好,可能只会抹掉他关于七岁生日派对的记忆,但你也可能破坏那些不好的回忆。而

---

1. 第三任博士一直很想去的一颗星球,后来他终于如愿以偿。

你不想伤及它们，对吧？"

"我……我完全不明白发生了什么！"本杰说道。

博士伸出一只手，扶住了他的肩，"别担心。那只是逝者给你带来的影响。它扭曲了你过往的经历，一心想让你难过。"

帕森斯松开了枪上的保险栓。"够了！"他咆哮道，"不管你是谁，我数到十，你给我赶紧走开，离我儿子远点儿。"

"那我们就有两个问题了，"博士说着，使劲瞪了帕森斯先生一眼，"一，你并非真是他父亲；二，我不吃最后通牒这一套。"博士从口袋里拿出音速起子，对准那把枪扫了扫，后者即刻分解成了原子。

本杰倒吸一口气，问道："你是怎么做到的？"

"那不是把真枪，"博士说，"只是你记忆中你父亲曾拥有的那把。我破坏了你的一些神经元，把它从你记忆里抹去了。不好意思啊。严格意义上讲，我不该这么做。不过，我也不该……"

博士再次激活了他的音速起子。这一次，帕森斯先生碎作无数细小的微粒，消失了踪影。

本杰猛地转身，瞪着博士道："你杀了我爸爸！"

"那不是你爸爸，"博士说，"只是他的形象。起初，我以为他就是那个侵入了你的记忆的逝者——但他不是。当他听到这里不是他的地盘时，确实大吃了一惊。这也就意味着，其实寄生虫是你！"博士的音速起子往下一指，朝向特斯，也就是那只狗。

"很聪明嘛，博士！"特斯咆哮道。

本杰一脸惊奇，眼睛瞪得滚圆，"我的狗会说话！"

博士点点头，"我以前也有过一只会说话的狗[1]。新奇不了多久，就见怪不怪了。"他继续用音速起子指着特斯，"从这个人的记忆里出去，我会给你和你的同类另找一颗星球生存。"

特斯仰头大笑，"我为什么要走，博士？盛宴才刚刚开始……快想起来吧，男孩儿……"那只狗低声说道，"想起你是如何杀了我，解除了我的痛苦的。"

"痴心妄想。"博士说道，"我已经把他父亲的枪从他记忆里删除了。"

"我会让他想起另一把枪的。"特斯冷笑道。

唰啦！

空气中闪过一道微光。突然之间，本手里就多了一把塑料激光枪，枪上还印着红色的闪电图案。

"啥？"博士皱起眉，说道，"那是把玩具太空枪啊！最大的杀伤力莫过于搞出些傻兮兮的音效来。"他转头对自己的音速起子悄声道，"倒不是说这有什么问题哈。"

"真的吗？"特斯说着，转向自己的小主人，"愿意展示一下你玩具的实力吗？"

---

1. 第四任博士有一只叫K-9的机器狗，非常忠诚、可爱。在新版剧集中也有出现。

本杰耸了耸肩，用激光枪瞄准篱笆，开了一枪。一道紫色的激光咻的一声从枪口射出，木栅栏应声炸裂，燃烧起来。

"怎么可能？！"博士大喊道。

"对孩子来说，是可以的。"特斯说，"对一个八岁的男孩来说，玩具枪真的管用。在他记忆里就是这样。"

"那我必须让他把这把枪也忘掉。"博士说，"本杰，事情本来不是这样的！逝者在操纵你的记忆，想要强化你的悲伤。你必须想起来，本杰，想起到底发生过什么。但你得先认识到这一切都不是真的，然后才能想起来。"

"我不明白，"本杰说，"我只是个孩子啊。"

"不，你不是，"博士说，"你是本·帕森斯，已经四十五岁了，是《达拉斯晨报》的主编。你娶了简，你非常爱她，也很爱你的工作。"

"别听他的，男孩儿！"特斯咆哮道，"你知道真相！你知道你只有八岁，你杀死了自己的狗，为她结束了痛苦！"

本又一次举起了枪。

"想起来啊，本，"博士敦促道，"想起来……"

本杰停了下来。"等等，"他看着特斯说道，"你说我今年八岁，但这不对。我十岁，快十一岁了。我记得爸爸在我十一岁生日时给了我一条新狗，来代替特斯！"

"就是这样！"博士大声说着，露出了笑容，"你开始上手了。"

"而且这也不是发生在栅栏旁的。我们当时在农场里,在鸡舍附近。"

博士抓住帕森斯先生的那匹马的缰绳,飞身上了马鞍。他向本杰伸出一只手,"我们去那里找寻更多的记忆吧,伙计!"

本杰小心地把激光枪丢开,不等落地,它便炸裂开来,四散为闪闪发光的微粒。随后,他抓住博士的手,爬上马坐在博士身后,"走吧!"

博士拽了拽缰绳,两人便骑着马在平原上疾驰而过。本杰紧紧地靠在博士身上,双手搂住博士的腰,脸埋在他的背上。不,靠在博士的肩上。不,他的脸埋进了博士深色的头发里!

"哇哦!"本惊叫着,向下打量着自己。在短短几秒之间,他长了三十多岁,声音也突然变得低沉洪亮了,"我觉得你是对的,我确实有四十五岁,博士!"

"这可是个好年纪,四十五岁!"博士头也不回地喊道,"我就是这个岁数从小学毕业的。"

"你没法打败我的,博士!"一个声音咆哮道。

博士和本向下看了看。特斯出现在马匹旁,和他们一起在平原上奔跑。

"如果我比你先到农场,就能打败你!"博士喊道。

"如果本记不起自己父亲的那匹马了,你要怎么比我先到?"

与此同时,本和博士骑着的那匹公马化作一片闪光的微粒,倾泻在地,消失了踪影。两人一起摔倒在地。特斯大笑着,跑向了地平线边的农场。

"这可不公平!"博士说着,站起来拍了拍身上的土,"但如果逝者不想公平竞争,那我们也不必遵守游戏规则。"博士转身朝向本,说,"我们没必要跑那么远,你直接在脑海中想象出那个农场来吧,在它后面,鸡舍旁边。"

唰啦!

博士和本从农场后门走了出来。那是个晴朗的夜晚,月光洒在鸡舍上,显得光怪陆离。

有个男人跪在院子里,背对着他们。"威廉姆斯先生!"本惊道,"那位兽医。"

兽医站起来,转过身,手里抱着特斯毫无生气的躯体。"本杰,"他说着,表情有些惊讶,"你爸爸告诉我,你上床睡觉了。"

本转身面向博士。"这就是事情原本的模样了,"他说,"兽医来了,然后——"

突然,特斯仰天长啸起来,"不——"

唰啦!

博士和本发现自己站在积灰的阁楼里,周围到处是盒子和茶叶箱,里面装着零碎的东西。

"天啊,"博士道,"这里有点乱啊。"

"我们在哪儿?"本问道,"这都是些什么东西?"

"我们在你的意识里,"博士说,"这些盒子里装的都是你的记忆。逝者企图让你把注意力放在那些不愉快的记忆上,但你千万不能让它得逞。我们必须专注于愉快的记忆。"

"我们该怎么做?"

"找找就行。"博士说着,在最近的盒子里翻找起来,"这个怎么样?"他拿出一根钓鱼竿问道。

唰啦!

博士和本突然坐在了一艘小船里,飘荡在水色暗沉的湖中央。月光在油腻的漆黑水面上闪着光。

"噢,不!"本说。

"怎么了?"博士问道。

"这一年我十七岁,"本说道,"我半夜来这儿钓鱼。我……我喝了两罐啤酒……"

博士看了看船底那一堆空啤酒罐,"两罐?"

"好吧,"本叹了一口气说,"我是来这儿喝啤酒的,钓鱼只是个幌子。我弄丢了船桨,没法回到岸边。"

"然后呢?"

"我整晚都待在这儿,直到风暴来临。"

果不其然,一阵电闪雷鸣之后,雨点落了下来,击打在空啤酒罐上,发出噼噼啪啪的声响。然而,另一个声音也出现了——

那是水花扑溅的声响。博士从船边看过去,发现特斯游了过来。

"我还以为我得亲自找出一段不愉快的记忆来呢,博士,"她说道,"结果你都帮我把活儿干完了。"

"这事已经闹过头了!"博士怒吼道,"对不起了本——这可能会有点儿痛……"博士刷地抽出音速起子,对着天空连发几击。然后他猛地出手,将现实场景砸出了一个大洞。

本像咬到了一片柠檬般龇牙咧嘴起来。通过这个洞,他看到了对面那座积灰的阁楼。博士收起音速起子,抓住裂口边缘把洞扯大了些,破开了足够两个男人爬过的空间。

两人回到了阁楼里,博士指了指那堆盒子,"你自己去找一些能让你感到快乐的东西。"

本从最近的茶叶箱里拿出了一叠书,然后冲着其中一本书里夹着的东西微笑起来。他抽出一截绳子,它底端拴着只泄了气的气球。"这是一段美好的记忆。"他说道。

"一只破掉的气球?"博士问道,"你想回忆一段关于气球爆炸的往事?你知道不,我永远也搞不懂你们人类。"

"和气球本身无关,"本说,"而是我得到它的地方。那是我第一次正式和简约会,我当年二十一岁……"

唰啦!

那只气球在夜空中上下摆动,似乎是在跟着嘉年华的音乐起舞。整个小镇都享受着这场集会。

"简直绝妙!"博士笑着说道。他落后本和简几步,但一直跟着他们,看着他们在镜屋里哈哈大笑、在射击场里砰砰打枪、在幽灵列车上哇哇惊叫。

"太棒啦!"博士坐在他们那节车厢的后排座位上嚷道。列车呼啸着进入了漆黑的隧道,里面满是假扮的幽灵鬼怪。"虽然我不得不说,真正的鬼魂可不长这样,它们是那种偏黄的白色,这跟它们外质[1]中的硫磺组成有关。噢,那块闹鬼的镜子里的吸血鬼——说实在的——就是在一面普通的镜子上画了张脸。"

坐完列车,博士又花了五分钟来给经营方指出幽灵列车里的错误,然后,他们买了冰激凌,走向那顶条纹帐篷,走进了帐篷外兴奋的人群里。

"看过来,看过来!"余兴表演的经营者喊道,"进来看看自然界的奇迹吧——看看不可能存在的事物!"

本和简相视一笑,快步走了进去,博士则跟在他们身后。他们交了入场费,然后跟着一帮兴致盎然的人,走进了幽暗的帐篷里。

稍等片刻之后,灯亮了起来,表演者走上人群前的小小木舞台。"女士们先生们!"他大嚷道,"揭开这个惊天玄机的时候到了——这个人们世世代代都隐而不宣的秘密……"他指向一个

---

[1] 细胞质的外部薄层,即靠近细胞边缘的那层细胞质。

小笼子，上面盖着一块毯子。

博士伸长脖子，想要找寻简拿着的那只红色气球。

"准备好大吃一惊吧，惊喜来啦！"男子抓住毯子的边缘，"人类最好的朋友，终于可以与之对话了！"他一把拉开毯子，露出笼里的狗来。是特斯。

"本，我好痛啊。"那只狗说道。她用鼻子推开笼门，走向了本，"请结束我的痛苦吧。"

本低头看了看双手，抽了口气。他手里正拿着射击馆的步枪。其他观众一见那枪，便尖叫着跑出了帐篷。留下了本、简、博士和那会说话的狗。

"哦，这太荒唐了！"博士抱怨道。他用音速起子对准那把武器，把它分解成了微粒。"我可没办法跟着你进入你的每一段记忆，帮你忘掉你见过的每一把枪。你可是美国人！"

"看到没，博士，"逝者透过特斯的狗脸咆哮道，"你赢不了的。逝者将美餐一顿！"

"不过，还有另一个选择，"博士说，"对不起，本。我知道你的狗对你来说意义重大，但你必须忘了她。"

本低头看了看特斯，眼中充满忧伤，"真的吗？"

"只怕是的。这样一来，你就不会在玫桌子上的咖啡渍里看到她的脸，逝者也就没有办法攻击你了。"

"不！"特斯背上的毛竖了起来。她露出满嘴尖牙，冲博士怒火中烧地咆哮着。博士则举起了音速起子。

然后——突然之间——那只狗冲出了帐篷,她哀哀惨叫着,仿佛受了伤。

"这就行了吗?"本问道,"一切都结束了?"

博士检查了一下他的音速起子,"不可能啊。我什么都没做。"

"我也还记得特斯,"本说,"在我还很小的时候,而且——"

毫无预兆地,本也像自己的狗那样从帐篷里消失了,仿佛有一种无形的力量把他拖走了。

博士猛地转过身,嘉年华的场景也逐渐消失了:先是简,然后是帐篷,接着外面的景点也消散无踪。

唰啦!

"不!"博士笔直地从地毯上坐起,向下看了一眼。他已经松开了本的手。不,那不可能。是有人把他俩分开了——当然也分开了逝者和本。本躺在他们中间的地上,浑身抽搐。戴蓝色面纱的女人发出蓝宝石般的微光,然后消失了。

"克拉拉!"博士大喊着蹿了起来,"发生了什么?"他透过办公室的窗子,看见克拉拉和玫被两位警官带走了。"克拉拉!"她回头看了看博士,却被强推着走出了新闻编辑室的大门。

有人抓过博士的双手,从背后反剪,给他戴上了手铐。"先生,你因涉嫌在今早偷盗帕克兰纪念医院的救护车被捕了……"

"本！"博士大喊着推开了警官。他跪在那位新闻主编身边，一只耳朵贴上对方的胸膛。"他的心跳停了！"博士大喊道，"你们必须帮他，他快死了！"

那位警官掏出枪，指向博士，"先生，赶紧离开！"

"快来人救救他啊！"

7

"人不是我杀的!"这已经是短短几分钟内,博士第三次从椅子上一跃而起了,"说实话,我觉得我说的话你们一个字都没听进去。你们必须现在就让我离开这里。你们的星球正在遭受攻击,我必须找出办法来拯救它。"

桌子对面的两位警探倦怠地彼此对视了一眼。两人都是二十多岁的模样,留着相差无几的圆寸头,唯一的差别在于两人制服的颜色。

"请坐下,先生。"穿绿色制服的警探说道。

"好吧!"博士说着,举高双手,"按你们的路子来吧。"他坐了下来,仔细观察着两位警探,"哪位是坏警察啊?"

"什么?"穿灰色制服的警探说道。

"坏警察,"博士重复道,"威胁着要对我动粗的那一位。然后另一位会打发他出去透透气,再问我要不要来杯咖啡。"博士认真注视着他俩,"相信我,如果我们跳过这部分,事情还解决得快些。"

穿灰色制服的警探眯起了眼睛，"先生，我们都接受过审问嫌疑人的所有训练。没人会以暴力相挟。"

博士跌坐回椅子上，抽了抽鼻子，"好吧，如果你们不打算配合，那也没有必要继续下去了。"

"我们从头开始，"绿衣警探说，"你肯定知道，昨天下午肯尼迪总统遇刺身亡了。你能否告诉我们，当时你在哪儿？"

"我在进行考古挖掘。时间是五十一世纪，地点在四十万光年以外。"

灰衣警探猛地一拍桌子。"认真点！"他咆哮道。

"我很认真！"博士吼了回去，也用手掌用力拍了拍桌子，"无论如何，你就是那个坏警察——只不过你还没有意识到。现在，我们能快点结束吗？时间不多了。"

"什么时间不多了？"

博士站起来，身体探向桌子对面的灰衣警探，"那些脸。"

"哪些脸？"灰衣警探问道。

"哪些脸？没人从你的咖啡里爬出来吗？你今早洗漱的时候，没人在水池里游荡吗？"

"先生，我觉得你应该坐下。"绿衣警探说着，给他的搭档使了个眼色，"也许你有些不舒服，对吧？你要我们给医生打个电话吗？"

"我就是医生（博士）！"

"什么博士?"绿衣警探问道,"医学博士?"

"不只是医学,"博士答道,"实际上,还有许多别的。其中有些或许你们都不认为它能让人一路研究到'博士',比如芝士博士——但只针对那种臭烘烘的蓝色芝士。"

绿衣警探又记了一笔。

"所以你们没看到那些脸?"博士问道,"嗯,你们肯定没看到。没有想象力,没有精神共鸣,就算那些脸盯着你们看……你们也看不见它们。听好了,我必须回医院去。"

"你哪儿也别想去,"灰衣警探说,"你还没有洗脱谋杀的嫌疑。"

"我没有谋杀任何人!"博士大喊道,"是你们的警官把本和逝者之间的链接切断的。"

绿衣警探在笔记本上草草写了几笔,"逝者?"

"外星人!"博士说,"那个握着本的手的女人。"

"我们确实拘留了两名女嫌疑人。"绿衣警探说着,往前翻了翻他的笔记,"一位是玫·卡隆小姐,一位是克拉拉·奥斯瓦德小姐。"他抬头看了看博士,"你是说她俩中有人杀了帕森斯先生?"

"不,当然不是,"博士答道,"是另一位女士,长着狗眼的那个。"

绿衣警探又看了看他的笔记,"负责抓捕的警官说,他本来以为谋杀现场有三位女士,"他对自己的搭档说道,"但后来把三个改成了两个,他没有提到'长着狗眼'的女士。"

博士叹了口气,"因为你们的警官刚把本从她身边拉开,她就消失了。他那时已经死了。她没有办法再以他的悲伤为食……"博士倒抽一口凉气,眼睛瞪得滚圆,"当然了!你们不明白吗?这是库伯勒-罗丝模型!她是对的!"

绿衣警探一脸迷茫,"库伯勒什么?"

"伊丽莎白·库伯勒-罗丝啊!"博士大嚷道,"她的假说认为,悲伤有五个阶段:否认、愤怒、讨价还价、抑郁和接受。我当时还和她辩论来着,但她是对的。这些都写在了她1969年出版的著作里。"

"1969年?"灰衣警探问道,"你知道现在是1963年吧?"

"是哦,对不起,"博士说,"这些都写在她将于1969年出版的著作里。这套理论完全适用。本一直在说这一切不可能发生,他在否认。人们与逝者链接的时间越长,他们所处的阶段就越靠后——等他们到达接受阶段时……"博士一把抢过绿衣警探的笔记本和笔,以近乎疯狂的速度写下了一堆方程式。

绿衣警探看着他写了一会儿,然后凑上前来,"先生,我无意冒犯,但你以前是否在某种社会收容机构里待过?"

"是待过一阵子,"博士头也不抬地专心计算着,"贝特莱姆。"

"你是说那个地方很混乱[1]?"绿衣警探问道,"管理很差?所以你才逃出来了?"

"什么啊?不是的。它的名字就叫贝特莱姆。"博士说,"我在那儿度过的间隔年[2]。一旦习惯了那些哀号和磨牙,你就会觉得它是个好地方。现在回想起来,那里的粥也很好喝。当然,我去拜访彼得·斯特里特时,那家精神病院已经在走下坡路了。彼得在设计环球剧院的时候发了疯[3]。"博士写完后坐了回去,他的脸上浮现出几分恐惧来,"还有十一个小时。"

灰衣警探再次与同伴面面相觑,然后喊了声:"先生?"

博士又蹿了起来,开始来回踱步,"逝者不仅仅是以悲伤为食——它们在培育悲伤,洒下悲伤的种子,为自己提供养分。事件的震中在达拉斯,起因是肯尼迪总统遇刺——但在十一个小时内,就将遍布全球。如果人类到达了'接受'阶段,我却还没找出法子来阻止这场入侵,那就真的覆水难收了。"

"这跟肯尼迪总统的死有关?"灰衣警探问道。

"当然有关!"博士大嚷道,"那可是逝者期待已久的事件。

---

1. "贝特莱姆"指贝特莱姆皇家医院,这是一家精神病院,位于伦敦,历史非常悠久。"贝特莱姆"的英文Bedlam有"混乱""喧闹"之意,即衍生于此。警探也因此误会了。
2. 西方国家的年轻人中学毕业后上大学前休的一段时间的假期,多为一年,用于实习、旅游等。
3. 见新版《神秘博士》第3季第2集《莎士比亚密码》。

噢，如果杰克[1]在这里就好了，他会让你们听我的。"

"你是说你认识肯尼迪总统？"

"是的。嗯，不是。算是吧。20世纪50年代时我见过他，就在我不小心在法兰克·辛纳屈家跟玛丽莲·梦露订婚前不久[2]。"

绿衣警探把笔记本扔在桌上，用手揉了揉前额，"我有点头疼。"

博士大步走向审讯室那占满了整面墙的镜子，敲了敲玻璃，"你好？我知道这是块双向镜，镜子对面有人。里面的那位——我必须跟你聊聊。"没人回应。他叹了口气，"相信我，我们真的没时间浪费。如果你不肯出来，我就只能清掉这块玻璃了。"博士警告道。他把手伸进夹克衫口袋里，却再次叹了口气。"你们就非得没收我的音速起子吗？"他问道，转身面向两位警探。

"起子？你在说什么？"灰衣警探质问道。

博士转回去面向镜子，"无论你是谁，你都是管事儿的，"他说，"所以，赶紧让艾博特和科斯特洛[3]离开这儿，别让我继续跟想象力还不如一片吐司的人聊了。"

门开了，一位老人走了进来，他穿着很不合身的格子套装。博士抬头看着他，露出了微笑，"如果你们要玩儿套路，那他马

---

1. 肯尼迪总统的别称。
2. 博士与梦露订婚见新版《神秘博士》2010年圣诞特辑《圣诞颂歌》。
3. 美国双人喜剧秀演员。

上就要告诉我：他明天就要退休了，这把年纪已经经不起什么折腾了。"

新来的人没有理睬博士的话。"后面我来吧。"他对两位警探说。

"谁授权的？"绿衣警探问道。

衣着破旧的男人打开自己的皮夹，露出了里面的金色徽章。"联邦调查局。"他平静地说道。

两位警探嘴里嘟嘟哝哝地抱怨着，收起自己的笔记本出了房间，把门砰的一声关上了。老人选了张空出来的椅子，坐了下去。

博士微笑着说："我猜你就是镜子后面的那个人。"

"我是特别探员沃伦·斯基特。"那人自我介绍道，他交叉双手，放在了胸前，"给我讲讲逝者。"

博士向前坐了坐，问："你相信我？"

"我没这么说。"

"你没必要说，"博士说，"我能从你的眼睛里看出来。"他又往前坐了一点，"你见到谁了？"

"我的搭档，"沃伦说，"乔克。"

"但是乔克已经去世了，"博士说，"对吧？"

沃伦没有开口。

"你是怎么摆脱乔克的？"

"他的脸在窗玻璃上，"沃伦说，"我砸碎了玻璃，他说了

105

些……"

"那你还算运气好的。"博士说。

"你能帮助那些看到脸的人吗?"

"在这里不能,我没办法。"

"如果放你出去,我会丢了工作。"

"把我留在这里,地球将会陷落。"

沃伦深吸一口气,从口袋里掏出一枚硬币,抛向空中。"背面,"他说,"你可以走了。"他从口袋里掏出音速起子,放在桌上推给博士,"你需要我做什么吗?"

博士抓起音速起子,转了一下,放回了夹克衫口袋,"首先,放了我的朋友们,"他说,"然后我得回医院。那里是脸集中出现的地方。"

"反正我这份工作干得也不开心,"沃伦说着便推开椅子,站了起来,"我们走。"他打开门,博士跟在他身后——然后,他俩都突然停了下来。

绿衣警探正站在门外,与一名蓝纱女子手牵着手。他正喃喃自语着,和本如出一辙,"这不是真的。这不可能是真的。"

"别碰他们!"博士说着,伸手把沃伦拉了回来,"一个也别碰。"他走到走廊上,背贴着墙,以免不小心碰到绿衣警探。

"他怎么了?"

"是那些脸搞的鬼,"博士说,"逝者,它们完全过来以后,就会发生这一幕。"

"你能帮帮他吗?"沃伦问,"把他从她身边移开?"

博士用音速起子上下扫过绿衣警探,然后扫了扫他与外星人相牵的手。"抱歉,"博士查看着读数,说道,"他变成这样已经有好几分钟了。如果我贸然破坏链接,他会跟本·帕森斯一样死去。"

"嗯,但我们也不能就让他维持现状啊!"

"我们没有别的办法。"博士说着,把音速起子收了起来,"他叫什么名字?"

"迈克尔,"沃伦说,"迈克尔·格林警探[1]。"

博士虽然觉得不应该,但还是忍不住笑了。"嗯,没想到居然能听到这么凑巧的事。"博士说道,"实际上,我居然什么也没听到。"博士沿着走廊走了六步,然后停下来侧耳倾听,"这是达拉斯警察局总部,却鸦雀无声。没有电话,没人交谈,没有脚步。"他猛地转身,面向沃伦,说:"快点!"

随后,他们发现灰衣警探在食堂里跟逝者拉着手,眼泪悄然滚下他的脸颊。无独有偶,房间里满是警官、侦探和平民,几乎所有人都跟蓝纱女子建立了链接,唯有一个小女孩,独自蜷缩在厨房区的冰箱旁。她一看见这两个男人,就尖叫着想要退开,挤

---

1. 格林的英文为Green,原意即"绿色",与警探的衣服颜色刚好一致。

进窄小的角落里。

"你好,"博士友好地说,"我是博士,这位是沃伦。你没必要害怕我们。"

小女孩飞快地从博士瞟向联邦探员,然后又瞟了回来,眼里充满了恐惧。

博士握住她颤抖不已的手,"你叫什么名字?"

"佩……佩吉。"女孩结结巴巴地说道。

"好的,佩吉。"博士说着,从口袋里掏出通灵纸片,"我需要你给我读一读,上面写了什么?"

佩吉瞟了一眼那张纸,然后回望博士。"上面什么也没写。"她呜咽着说。

"和我想的一样,"博士对沃伦说着,合上钱包放了回去,"精神共鸣值低。她看不见那些脸。"

"也就是说她是安全的?"沃伦问道。

"暂时安全。"博士回答道。"佩吉,"博士将注意力放回女孩身上,"这是一场演习,也就是紧急情况的预演……"

眼泪汪汪的佩吉皱了皱眉,"你是说这一切都不是真的?"

"当然不是,"博士笑容灿烂地答道,"只不过是类似《卧倒并掩护》[1]的那种训练。是很无聊,真的,但一旦真正的灾难来

---

1. 20世纪50年代美国制作的短片,教导民众如何应对原子弹袭击。

临,也非常有用。"

佩吉点点头,用手背擦了擦眼睛,"我需要做什么?"

博士拉着她站了起来。"跟我们来吧,"他笑着说,"我要交给你一项非常重要的演习任务,我希望你扮演一位囚犯。"

"但我不是演员啊。"

"别太看轻自己。"博士说,"你这害怕的模样就挺像那么回事儿的嘛,你简直是冉冉升起的新星。"

佩吉紧张地笑了笑,"你这样觉得吗?"

"就跟演电影一样。"博士说,"现在,如果沃伦愿意带我们去牢房的话,我会带你进入角色的。"

几分钟后,佩吉进入了一间空牢房,坐在了冰凉的石凳上。"我演得怎么样?"她问道。

"完美!"博士兴奋地说,"现在,我来给你一些小小的指导吧,不要介意哟——我希望你一直待在这里,直到有人来告诉你,现在可以安全出来了。也许你要等上好一会儿,先给你提个醒。不管你做什么,都不要触碰任何戴着蓝色面纱的人——她们扮演的是被感染的公民。"

"我不会的!"

博士和沃伦从牢房里走了出来。"准备好来张特写了吗?"博士眨了眨眼。

佩吉再次笑了起来。

"……开拍!"

沃伦关好门,上了锁。"她在里面安全吗?"他问道。

"比其他很多人都安全。"博士说,"现在,看看你能不能帮我弄到其他牢房的钥匙呗。"

他们在最里面的牢房找到了克拉拉和玫,她们被关在一起。克拉拉紧紧抱住博士,大声说道:"我不知道他们会对你做什么。"

"我交了些新朋友,"博士从克拉拉怀里挣脱出来,"克拉拉、玫——这是沃伦。"

克拉拉跟联邦探员握了握手。

"本呢?"玫问道,四下看了看。

"很抱歉。"博士说。

玫倒吸口气,跌靠在了墙上。

"发生了什么?"克拉拉问。

"他休克了。"博士解释道,"链接切断时,逝者已进入了他意识深处。但那也不是警官的错,毕竟他不知道会造成那种后果。"

"那我们必须回去。"玫说。

"他已经不在那里了。"沃伦说,"你们被捕后不久,验尸官就把他的尸体从办公室搬走了。"

"我不是那个意思。"玫说着,转向了博士,"你有时间机器——证明给我们看啊!回到过去,阻止本碰到那东西。"

"它不是这么用的。"博士说,"我不能。"

"但你必须——"

"我不能!"博士强硬地说道,"对不起。"

玫用手捂住脸,哭了起来。

克拉拉抱了抱她。"那我们怎么办,博士?"她越过玫的肩膀看向博士。

"我不知道,"博士承认道,他又踱起步来,"链接被切断的时候,本已经开始抗拒逝者了。但我没法进入每个人的记忆,鼓励他们做出同样的事情。我们没那个时间。"他停了下来,转过身子,"一定有……"

突然之间,他们听到了无声引擎声。博士跑向窗边,跳上长椅往外看去。"不,不,不!"他大叫着向门跑去。

沃伦、玫和克拉拉跟着他跑了出去,只见几十辆暗绿的军车结队驶过。

"我必须回医院去。"博士说。

8

救护车发出尖锐的刹车声,停在了拦住医院入口的检查点前。一辆卡车停在对面,前方是一长段带刺铁丝网。

开车穿过整座城市很不容易,街上有很多人,都跟蓝纱女子拉着手。因此他们一路行来开得很是小心,绕开了每一对链接。

博士跳下救护车,跑向守卫检查点的那位武装士兵。"你好,"他说,"你这个路障设得非常出色,做得很好。听着,我知道你不应该放任何人过去,但我真的、真的必须跟管事的人谈谈。"

"对不起,先生,"士兵说,"韦斯特将军在医院里建立了司令部,平民一律不得通过,除非有紧急医疗事故。"

"我们是开救护车来的,"博士指出,"你怎么知道这不是紧急医疗事故?"

士兵耸了耸肩,"你不是医生。"

"哈!我也是医生哦,我能证明。"他开始在口袋里翻来掏去。

"怎么耽搁了?"克拉拉在救护车里问道。

"我找不到我的听诊器了!"博士大声说着,满脸悲伤不似作伪。他转身面向士兵,问:"你叫什么名字?"

"二等兵赖特,先生。"年轻人答道。

"好吧,二等兵赖特,"博士一脸迫切地说,"事情是这样的,你得让我们通过你的检查点。人类的整个未来都在此一举了。"

"恐怕真的不行,先生。我也只是在照章办事。"

"是的,而且办得很好,太不幸了。"博士叹了口气,"还有谁可以谈谈吗?级别高一点的人?"

"斯科特中士。"

"太好了,既然如此——请问我能跟斯科特中士谈谈吗?"

二等兵赖特又耸了耸肩。"中士!"他大声喊着,后退几步,往卡车里看了看,"这里有人——"他忽然举起步枪,瞄准了博士看不见的某人或某样东西,"女士——马上离开这里!"

博士跃过带刺铁丝网,匆匆来到二等兵赖特身旁。卡车边上还有另一位士兵,从他制服上的徽章来看,应该是斯科特中士。他正牵着戴蓝纱穿蓝裙的女子的手。眼泪滚过中士的脸颊,他正在喃喃自语:"这不是真的,不可能是真的。"

"我说了,立即从中士身边离开!"二等兵赖特吼道,"中士!中士!你能听见我说话吗?"

斯科特中士仍只是哭泣低吟着。

博士用一只手拍了拍年轻士兵的肩膀。"对不起,"他说,"现在我没法帮他,但如果你让我们通过,我也许能找到办法。"

二等兵赖特甩开博士的手,朝那默不作声的女子跨了一步,枪依旧指着她。"这是最后一次警告,女士!"他喊道,"立刻放开中士的手,否则我就开枪了!"

"不要!"博士警告道,"她不是你以为的……"

二等兵赖特转身面向博士,手指在扳机上颤抖着,"那你告诉我她是什么,先生!"

"我没法告诉你,"博士说,"没法用你此时此刻能理解的方式告诉你。"他伸出双手,"把枪给我,然后我们再聊——"

"不,不要!"斯科特中士跪了下去,迷失在自己的记忆里,"不要!"

女子也在他旁边跪了下去。

二等兵赖特转过身,再次用枪指着她,说:"从我中士的身边离开!"

"士兵!"博士强硬地说,"请你放下武器。"

被吓坏的二等兵用枪指了指博士,然后又指回抓着中士的手的女子,他努力想把眼泪憋回去,"我不……我不……"

"你不明白,"博士帮他把句子说完,"那没关系,真的。但你必须听我说。我能帮上忙……"

斯科特中士仰起头,像一头受伤的动物般哀号起来。

砰!

二等兵赖特开枪了。子弹穿过逝者的胸膛,留下了一个枪眼,但那个生物很快便化作一团蓝色的火星，消失了。斯科特中士立马倒在地上，颤抖着，咳嗽着，仿佛窒息了一般。

博士在他身旁跪下，手指搭在他的脖颈处，探测着他的脉搏。他觉得自己隐约感受到了那么几下，但随后便什么都没有了。斯科特中士瘫倒在地，再也不动弹了。

"发生什么了？"有个声音大喊道，"我们听到了枪声。"博士抬起头来，看到沃伦站在他身后，克拉拉和玫则躲在卡车一侧向这边偷瞄着。

二等兵赖特呆立不动，颤抖的双手依旧拿着那杆步枪。

"帮克拉拉把中士的尸体抬到卡车后面去。"博士对沃伦说。"玫，找个安静的地方，带二等兵赖特去休息。之后，大家一起在医院外面碰头。"

"你要做什么？"克拉拉问。

博士站在那儿，最后看了一眼脚边已经死去的士兵，"我要跟这里管事的人谈谈，不管是谁。"

给大家分配好任务后，博士跑过停车场奔上台阶，来到了医院前台——但又被另一个武装守卫拦住了。

"抱歉，先生，"士兵说道，"你不能再往前走了。"

"又来了，"博士自言自语道，"又要跟军事思维纠结一番了……"他露出和气的微笑，说："真的吗？不能再往前啦？"

"恐怕不能，先生。只有军队里的人才能进入医院。"

"我猜你就会这么说!"博士笑容满面地说着,转身离开,"多谢,打扰了。"

他发现沃伦、玫和克拉拉正在外面的台阶上等他。"我需要转移他的注意力。"他悄悄地说道。

"但就算你绕过了这个人,里面也还有别的士兵。"克拉拉说,"你到不了将军那里的。"

"如果我先走到塔迪斯那里,就能……"

过了一会儿,博士躲进角落,看着沃伦爬上台阶,气喘吁吁地走向前台。他爬到台阶最上层后,随即摁住胸口摔倒在地。玫和克拉拉跑过去,跪在他身旁。"救命!"玫带着哭腔喊道,"我觉得他心脏病发作了!快来人救命啊!"

那位值班的士兵跑到他们身旁,博士趁机偷偷从他身后不着痕迹地溜了进去。

哈利·B.韦斯特将军在桌面上摊开自己的达拉斯地图,然后退后一步,欣赏起自己的杰作来。在短短一个小时内,他已经把医院的一间手术室改造成了得克萨斯国民警卫队的指挥中心。当然,有些病人不得不因此推迟手术日程。但这可是保卫世上最强国家的宏大军事行动,附带些伤亡也无可厚非。

韦斯特将军一听说全市都出现了奇怪的脸,就让他的队伍进入了待命状态。还好,士兵们昨天就已整装待发,状态尚未松懈下来。听说肯尼迪总统遇刺后,韦斯特将军认为该区即将戒严,便让自己的队伍做好了准备。然而,当权者竟决定只封锁迪利广场,仿佛这并非对民主本身的亵渎,而只是一桩普通案件,要么就是什么花园里的小偷小摸。好吧,也许他自己并不是这位总统的支持者,但他誓死捍卫那些使得此人得以当选的自由。

这也不是上头第一次忽视他的建议了。去年不就发生过令人扼腕的事么——苏联在古巴部署了导弹,威胁要向美国发射。一想起这件事,将军就怒火中烧,不得不握紧手术台的边缘来克制自己。当然,他属于少数主张对古巴进行全面战术打击的那一派,谁让他们选择站在苏联那边。他指出,卡斯特罗没法从海底下发射导弹。然而,民主和谈判笑到了最后。另一场战争——韦斯特将军又一次获取卓著军功的机会——化为了泡影。

不过,他依旧需要保持乐观。总有一天他会赢得属于自己的彩带游行,也许这场四处都有脸冒出来的疯狂事件能为他铺路。一如既往,这很可能还是苏联人搞的鬼。而这次,坐在议会大厦里耍笔杆子的家伙们就不得不言听计从了。与憎恶自由者对话的时刻已经结束,现在需要的是风驰电掣的军事行动,而他正是可以提供这一切的人。

手术室的门打开了,二把手亚当·基廷上尉拎着一只帆布袋走了进来。他比将军年轻得多,军衔却升得很快,就因为他的手下对他百般推崇,领导也对他颇为赏识。不过,他也不赖。将军觉得如果他有朝一日真上了战场,应该还撑得住。

"你拿来了吗?"将军边问,边把地图上的褶皱抚平。

"拿来了,"基廷回答道,"但儿童病房的护士对此并不高兴。"

"这可是战争,基廷!"将军打断了他,"我们不是来哄人高兴的。"

"从理论上讲,这不是战争,长官,"基廷指出,"我们还不知道自己的对手是什么人或什么东西,所以我们无法宣战。"

"只是早迟而已。"年长的战士咕哝道,"好了,打开看看吧。"

基廷上尉毫不掩饰地叹了口气,把包里的东西倒在了桌子上。将军面前出现了几十个塑料娃娃。"干得漂亮!"他欣喜若狂地说着,从一堆玩具里抓起了最大的那个。他把它拿在手里,然后把头拧了下来,剩下的部分则扔进了房间的角落里。

"那些脸最集中的地方就是这家医院,"他说着,把娃娃的脑袋放在了地图上,"所以我们把它放在这里……"他抓起另一个娃娃,迅速拧下了脑袋,"在费尔公园、棉花碗体育场也有,当代艺术馆也出现了一些——不过既然你终日无所事事,只会盯着那些半裸的雕塑看,那你也是罪有应得。"

基廷上尉看着将军逐渐用娃娃脑袋占满了整张地图。"你有进攻计划吗,长官?"他问道。

"当然！"将军大呼，"我们把他们炸回苏联，他们就是打那儿来的！"

"长官，恕我直言，"基廷说，"我们不知道他们是否来自苏联。我们能多研究一下对手，然后再开始轰炸他们吗？"

将军还没来得及说话，走廊上便传来了一个声音："很聪明嘛，是不是啊！"基廷转过身去，只见一个高挑瘦削、身着英国军装的男人正穿过房间走来。他的头发（长度几乎超过了任何一支军队的许可）用发油定了型，深色的胡子略微向左倾斜。

将军的手在自己的配枪上游移着。"我说，你这该死的家伙是谁？"他质问道。

"我是莱思布里奇-斯图尔特！"新来者说道，"阿利斯泰尔·戈登准将——不，等等……现在是1963年是吧？"他停下来，掰着手指数了一会儿，"好了，没错！我是阿利斯泰尔·戈登·莱思布里奇-斯图尔特[1]上校。英国军方，老兄！很高兴遇见你，你好！"他伸出一只手，但将军没有理会。

"你在这里做什么？"这位得克萨斯人慢吞吞地问道。

"调来帮你们处理这些讨厌的脑袋，"那位英国人说，"把这些玩意儿一劳永逸地解决掉。灰狗领袖[2]呼叫陷阱一号，之类

---

1. 首次出现于老版《神秘博士》第5季的《恐惧之网》中，后与第三任博士交往甚密，多次出现在老版剧集中。新版剧集亦有出现。
2. 莱思布里奇-斯图尔特准将的通信呼叫名。

之类，老友。"

"调来？"将军问道，"谁调的？"

莱思布里奇-斯图尔特上校眼神闪烁，似乎是在思考。"啊，是五角大楼派我来的，老伙计！"他停顿了一两秒后回答道，"我之前来过美国，处理过几个军事项目——你懂的，里面有士兵之类的——他们一听说这些该死的脸，就第一时间让我上了飞机，去了这里，或者说来了这里。不管是来还是去吧。"他本想伸手整理领带，但似乎在最后一刻改了主意，转而捻弄了一下小胡子的末端。

将军的眼睛眯了起来，"你以前见过这些东西？"

"类似的东西，老大，"上校说道，"但这种情况正好是我的专长，老伙计。如果我是你，就会认真听我的话，然后完全照我说的去做。"

将军咆哮道："也许五角大楼派了个胆小的英国人来给我提建议，但这里还是我管事，懂吗？！"

"当然，老伙计。"莱思布里奇-斯图尔特不假思索地道。然后他掏出枪，在半空中随意挥来挥去，"现在，我得开枪打谁才能给自己换杯茶来？"

基廷上尉蹲身躲避着枪管所指的方向。"呃，我很乐意为您来点茶，长官，"他说，"您能不能把武器收好？"

"没问题，老伙计！"上校愉快地说道，"反正我也从来不怎么喜欢这些东西。"他尝试了三次,终于把手枪收回了枪套。基廷离开了房间。"好了,那么……"他说着,躬身靠近布满了娃娃脑袋的地图,"这里有些什么?"

"脸和脑袋出现的记录,实时更新。"将军说。他不想跟这个品茶的英国人分享信息,但如果五角大楼派他前来帮忙,他就一定会写报告回复。自己得假意配合,让那傻瓜参与进来——暂时参与。"我需要知道他们到底在哪儿,这样才能将他们从地球上全数抹杀。"将军放声大笑,用力拍了拍莱思布里奇-斯图尔特的背。等上校的呼吸缓过来后,也和将军一起大笑起来。

"聪明绝顶,你说是吧!"莱思布里奇-斯图尔特惊叹道,"但出其不意的部分在哪儿呢?"

"怎么了?"

"嗯,想想看吧,老友……如果你火力全开,己方遇袭的消息会立刻在敌人间传开。但如果你的军队不在对方的视野内,你就可以在时机成熟时触发陷阱。"

一抹微笑爬上将军的脸,"你是说,攻其不备?"

"就是这个意思!"

韦斯特将军转过身,在屋内来回踱步,心中仔细考量着这个建议,"那就意味着我能靠几次奇袭终结这次入侵……"

"入侵?"上校说,"你知道这是一次入侵?"

"啊,当然是了!"将军嚷道,"敌军入侵!"

"哦，呃……没错。当然了！"

"凭一场指挥阻止整个入侵……我会因此声名大振！"

"一定会的！" 莱思布里奇-斯图尔特说着，用手拍了拍将军的背。但当他发现这位老兵的反应后，就迅速把手塞进了夹克衫口袋，"我能想象，这能令华盛顿的许多要人对你刮目相看。"

将军咧嘴一笑。虽然那个英国人很疯狂，但当他听到自己将会引起要人的注意，还是喜不自胜，无论"要人"到底是指什么人。"那你觉得我该把军队部署在哪里？在敌人的视线范围外？"

"完全在视线外！"上校说着，手从兜里抽了出来，里面抓着十来颗小小的人形糖果[1]。"实际上，如果我是你，就会把他们召回这里。"他把糖果放在了靠近地图边缘的一块地方。

将军俯身看了看这个区域，皱起了眉头。"那是我的兵舍。"他平板地说。

"正是，老伙计，"莱思布里奇-斯图尔特热切地说，"也是那些可恶的家伙意想不到的地方。"

"但那意味着完全撤退！"

莱思布里奇-斯图尔特在空中挥了挥中指。"表面上看是这样，老伙计，"他赞成道，"但实际上，这是高妙的军事战术。"

门哗啦打开，基廷上尉回来了，他手里端着托盘，上面有些

---

1. 即 Jelly Babies，博士很喜欢的一种英式甜点，色彩丰富，口味多样。在新老版《神秘博士》中多次出现。

杯子。"太棒了！"上校嚷嚷道，"我已经渴得不行了，先生！"

但是，基廷没有端茶过来，反倒转了个身，用枪对准了这位英国军官。"你是个冒牌货！"他吼道，"把手举起来！"

"天哪！"莱思布里奇-斯图尔特上校惊叫着举起了手，"如果喝茶这么麻烦，我喝杯咖啡也行。"

"咖啡是给将军的！"基廷吼道，"抱歉长官，这么久才冲好咖啡——我出去时打了个电话给英国军事司令部。他们告诉我，真正的莱思布里奇-斯图尔特上校现在正在索尔兹伯里平原参加战术演习。"

"什么？"韦斯特将军咆哮道，"你说这人是冒充的？"

"我就是这个意思。"基廷说着，把手伸向了这位英国军人的假胡子。莱思布里奇-斯图尔特往后仰了仰，不想让对方够到自己脸上的胡须。但上尉往前冲了一步，扯下了他的胡子。

"嗷！"假上校叫出声来，捂住了自己的上唇。随后，他揉了一把自己抹油梳好的头发，把它们弄得乱成一团，"你好！我是博士！我想，喝茶是真没戏了？"

"我觉得你得好好解释一下，"将军怒吼着，掏出手枪指着博士，"你在我的指挥中心做什么？！"

"没错，现在我可以解释了，"博士说，"之前用了伪装，抱歉——但我扮得挺好，不是吗？我需要找到办法跟你说上话。将军，无论你做什么，绝对不能攻击逝者。"

"逝什么?"将军质问道。

"逝者。"博士说,"说来话长,但它们是外星种族,来这里是为了以人类的悲伤为食。我能找到办法阻止它们——我只是需要时间。"

"接下来你要去的地方,能给你相当多的时间。"将军说着,用枪指向大门,"基廷上尉,带他走。"

"我很认真——你必须听我的!"

"一个戴着假胡子的疯子说的话,我才不会听。把他弄走!"

"假胡子可没什么不好,你懂的吧?"博士嘟囔着,基廷则带他出了门。"你不会以为克拉克·盖博[1]的胡子是真的,对吧?在我给他粘上胡子前,他一直都是无名小卒……"

韦斯特将军从托盘上拿起一个杯子,喝了口咖啡,看着那冒牌英国军官被推出他的总指挥部,"大言不惭!"

进了走廊,基廷转身面向博士。"你知道这是怎么回事?"他问。

博士点点头,道:"略知一二。"

"跟我来。"上尉说。

"你哪儿也去不了。"一个声音传来,基廷上尉转身,发现一把枪正指着自己的脑袋。

---

1. 1939年《乱世佳人》的男主角扮演者,作品甚众。

"沃伦！"博士大叫道，"你觉得你这是在做什么？"

"很有可能，我这是在提交辞呈。"联邦探员坚定一笑，答道。他拨动枪上的保险栓，然后朝旁边的房间喊道："我抓到他了。"

克拉拉出现在那个房间的门口。"把他带进来。"她命令道。

"我真的不觉得这是个好主意……"博士开口，但没人理他。沃伦带着基廷上尉进了房间，让他躺在一张空病床上。

"你们不明白，"基廷低吼道，"我想帮你们。"

"那就像个乖宝宝一样好好躺着。"克拉拉小声说着，用绑带把上尉绑在了床上，"这是恢复室，病人手术后会来这里。他们必须被固定好，以免滚下病床。"

"事情不该这样。"博士再次抗议，但仍然没有人听。

"找到了吗？"克拉拉大声喊道。

玫出现在房间里的一个储物柜旁，手里抓了满满一把小玻璃瓶。"这里有很多药，"她说，"但似乎没有镇静剂。"

"镇静剂？"博士重复着，揉了揉自己的眉头，"你要镇静剂来……"

"防止他呼救。"沃伦一脸镇定地答道。

博士重重地坐在椅子上。"这可不好，"他喃喃道，"这可一点儿也不好。"

"没有镇静剂了，"基廷上尉说，"我全都放进将军的咖啡里了。"

一阵稀里哗啦声响起。

博士一跃而起，跑回了手术室。哈利·B.韦斯特将军已经倒下，不省人事地瘫在他的地图上。那些娃娃脑袋也洒落一地。

他回到恢复室，审慎地打量着基廷，"你给你的长官下了药？"

"当然！"基廷打断了他的话，"你也见到他了，他简直疯了，盼战事盼得望眼欲穿。我也许没有他多年积累的经验，但我知道在搞清楚对手是谁之前，不能贸然进攻。"

"那你为什么揭穿我？"博士问。

"我不知道你的真实身份，"基廷说，"只知道你绝不是真正的军人。我可不能冒险，让你在将军倒下时，实施你心中有数但我毫不知情的计划。"

博士的脸上露出了笑容。"镇静剂。"他露齿一笑，愉快地拍了拍基廷的脸颊，"太精彩了。"他迅速解开了上尉身上的绑带。

"你说你能找到办法阻止这一切，"基廷说着，起身坐在了床边，"是真的吗？"

博士点点头，"我觉得行，没错。但我们时间不多。"

"好吧。"基廷说着，跟博士握了握手，"那我负责尽可能地让将军置身事外。剩下的就靠你了。"

9

"我们要干什么？"克拉拉边问，边跟在大步穿过走廊的博士身后。沃伦和玫也匆匆跟在他俩后面。

"我们要回去，"博士说，"就像玫之前建议的那样。抱歉，"博士回头道，"我早该听你的。"

"但你说过我们不能穿回本的时间线。"玫指出。

"我们不能，"博士说，"但也没事，因为我们不会追溯本的时间线。我们要回溯的是逝者的时间线。"

克拉拉抓住博士的手臂，让他停了下来。"你说的话完全讲不通。"她说。

"完全讲得通。"博士坚持道，"你听不懂又不能怪我。"

"好吧，那么，"克拉拉说，"为了我们这些理解迟缓的人，你能解释一下我们要去干什么吗？"

博士深吸一口气。"我以前从来没有遇到过逝者，"他说，"虽然这么说令我很是受伤，但是我不知道该如何阻止它们，所以我们必须回去。"

"回哪里去？"沃伦问。

"去逝者上一次攻击的星球，"博士说，"我也不能确定那是哪颗星球，在什么时间。但一次简短的探访应该可以给我们提供线索，让我们知道它们的弱点，帮我们找出击败它们的方法。"

"等等，"克拉拉说，"现在塔迪斯连起飞都不肯，更别说去其他星球了。我们要怎么去？"

"用逝者来地球的方式去，"博士说，"穿过虫洞，现在它的入口正覆盖着整颗星球。"说完，博士又迈开了步子。

"如果我们不乘塔迪斯，你为什么往那个方向走？"克拉拉跟在他后面问道。

"去把这身滑稽的行头换掉，"博士头也不回地说，"我即将做一件聪明过人，但有点违反宇宙法则的事，换上一身得体的衣服非常重要。"

"太遗憾了，"克拉拉冲玫眨了眨眼，"我是制服控。"

"我可听到了！"博士喊道，"在外面等我，五分钟。别偷看。"

克拉拉、玫和沃伦走到医院门口的停车场时，博士已经在那儿了，他那双排扣常礼服、黑牛仔裤和领结的打扮也恢复了。此刻，他正在用音速起子研究医院大楼的外墙。

"你是怎么做到的？"克拉拉问，"你换衣服怎么这么快？"

"变幻时空的衣橱。"博士哼了一哼，"看吧，这面墙直接通往虫洞。嗯，其实整个地球都是如此。但我们要从这里进去。还有问题吗？"

沃伦举起了手。"嗯，还真有，"他说，"以上苍之名，你到底在说什么？"

"哦，对，"博士说，"我老是忘记你不是一开始就跟我们在一起的。把你的袜子给我。"

"什么？"

"给我一只袜子，"博士重复道，"给我吧。它有助于理清这一切。"

沃伦耸了耸肩，踢掉一只鞋，脱下了袜子。博士接过袜子，仔细研究了一下袜子上的红蓝方块图案。

"呜哦，菱形图案！"他大叫道，"我喜欢它们！"他抬起脚踝，把袜子贴了上去，仿佛在比画尺寸。"太赞了！"博士转身面向克拉拉，"记下来吧——等摆平这一切，我们得去买带菱形的袜子。"

克拉拉双臂一叉，"看看，我记得多快。"她淡淡地说道。

"我还是不懂，这跟逝者和别的星球有什么关系。"沃伦说着，光着脚穿上了鞋子。

"你马上就明白了。"博士承诺道，"现在，请看……"说着，他从口袋里掏出一把剪刀，剪掉了袜子的一头。

"嘿！"沃伦大喊道，"那可是新的！"

"现在也还是新的啊,"博士说,"而且还有了教育功能……"他把剪刀收回去,又掏出一只小蜜橘。"好了,"他说,"把这个蜜橘想象成地球吧,它独自待在太阳系的一端,自扫门前雪。"他把水果递给玫,让她把它举高。

"这个,"博士继续说着,从另一个口袋里掏出了一个油桃,"是逝者现在所在的星球。但是它们想离开这个世界,来地球享用晚餐。"他把油桃递给了克拉拉,也让她举在空中。博士从裤子口袋里掏出一根线,牵在两个水果间。

"从一颗星球直线到达另一颗星球,需要巨大的能量、极高的科技和有条不紊的后勤保障——比全世界所有个人助理和秘书合而为一还高要求。如果你需要穿越时间,还得再乘上一万倍。"博士的手指沿着那根线,从油桃滑向蜜橘,"但是……"

他捏住线的中点,把它折成两段,然后让克拉拉挪了位置,站到玫的旁边,"但是你可以利用虫洞来作弊。"

"那就是我的袜子?"沃伦问道。

"正是!"博士说着,把菱形袜子的一端连在油桃上,另一端连在蜜橘上,"把它想象成穿越时空的捷径吧,也就是省掉了所有麻烦,简单快捷地穿越极长距离的方法。"

"所以,塔迪斯就是这样穿越时空的吗?"克拉拉问。

"算是吧,嗯,"博士说,"实际上,并不是。塔迪斯通过时间漩涡来穿梭,如果用门外汉的话来说,就是个巨大、复杂、多维度、跨时间的……东西。而且，跟沃伦的袜子一样，它有两种可爱的颜色。"

"好吧，很高兴我们搞清楚了。"克拉拉说。

博士再次抽出音速起子，过去扫了扫医院门口的墙面。"现在你们知道虫洞是什么了，"他说道，"顺带一说，水果你们可以留着。"

克拉拉和玫笑了笑，把收获的水果放进了各自的口袋。沃伦则拿回了残破的袜子，皱皱眉头，把它扔进了附近的一个垃圾桶里。

"虫洞覆盖了整个世界，"博士说，"但这家医院是薄弱之处——它每天都充斥着悲伤，昨天则更是如此——所以这里会是最容易突破的点。我只需要找到正确的频率，逆转中子流的极性……"博士不断改换着起子的档位，直到墙体突然闪烁起来，仿佛纵向倒置的粼粼水面。

"太神奇了！"克拉拉屏息道。她上前一步，走到虫洞入口，伸出了手。博士迅速把她的手拍了回去。"喂！"她喊道，"你这是干吗？"

"你就要把手伸进另一个世界里啦！"博士说，"虫洞能汽化人的肉体，把你的手指分解到十亿个不同的方向。就算你的手没事，你也不知道虫洞另一边有什么。你可能会把手伸进别人的浴室，这可算不上有礼貌。"

克拉拉缩回手,一脸闷闷不乐地问道:"如果我们一碰这东西,它就会把我们汽化了,那我们要怎么穿过它?"

"我们坐车,"博士解释道,"金属框架会成为法拉第笼,消减所有活跃因子,保护其中的黏软物质。"他又加了一句,"我们就是那些黏软物质。"

"所以我们回救护车上去?"玫说。

"答对了!"

他们跑过停车场,奔向之前停救护车的地方,然后爬上了车。博士忽然瞥见医院与主路间的那一小片树丛中有什么东西。"哦,不……"他说着,匆匆走了过去。

梅丽·埃莉森医生正坐在其中一棵树下,两侧脸颊满是泪水。她正与一个逝者牵着手。博士走过去,掀开了那位女子的面纱。不料埃莉森医生转过身,死死瞪向了他。

"快把它从我身边弄走!"她尖声道,"弄远点!"

"愤怒阶段,"博士悲伤地说,"逝者的控制正在加强。我会把它弄走的,梅丽,信我就好。"博士凑过去,小心地掀起女子的蓝色面纱,一位老人的双眼露了出来。

"可能是她父亲。"有个声音猜测道。博士抬起头,只见克拉拉正站在身后。他放下了面纱。

"走吧。"博士边说边迈开步子走向救护车。他坐进驾驶室,系上安全带。"开干。"他说着,用音速起子发动了引擎。

"等一下。"沃伦说着,从救护车后面探过身子,一只手搭上博士的肩膀,"我们真的要离开地球去其他星球吗?"

博士灿烂一笑,"没错!"

"我们在那里能呼吸吗?那里有氧气?"

克拉拉和玫警觉地看向博士。

"我本来指望没人会问这个,"博士说,"但是你问了,沃伦。干得漂亮。全班第一,奖你一颗金色五角星吧,毕竟所有人都被你吓哆嗦了。"

"所以呢?"克拉拉问,"你的回答是什么?我们能呼吸吗?"

"基本可以肯定,"博士说,"能说很肯定吧,非常肯定。"

"你怎么可能知道?"

"除了精神触角以外,逝者的生理机能基本与人类似,"博士解释道,"这就意味着它们赖以生存的大气成分和我们的差不多。"

"你在猜测,是吧?"

"我们到这里时,我就开始猜了,"博士说,"但不要因此裹足不前。我敢肯定,有个计划正在我脑中某个地方逐渐成形。等它准备就绪,一定会让我知道。现在,如果没人有其他问题,我建议我们全速驶向那堵砖墙,同时寄希望于我们能从另一端出去,直达那颗外星球。"

博士发动引擎,踩下油门,将车驶向那堵闪着光的墙。救护车里所有人都闭上眼睛,找了点什么东西紧紧抓住。

"杰罗尼莫!"

他们进入了一条长长的隧道,它仿佛由密实的灰色雷雨云构成,看起来就像在成形前被搅和过的混凝土。博士停下救护车,打开头灯,带着欣赏吹起了口哨。

"哇哦!"他说,"这可是第一次见。"

"什么是第一次见?"玫问。

"虫洞,"博士说,"跟我之前见过的都不一样。"

"没错,就因为你以前见过虫洞,所以你什么样的虫洞都见过。"克拉拉说。

"一点不错。"博士说着,并没有听出话语中的嘲讽,"我穿越虫洞的次数不多,但那几次都是瞬时穿过,刚进即出——而这次真太不可思议了。"

他向门把伸出手去,但克拉拉阻止了他,"你要做什么?"

"出去好好看看。"博士说。

"但你会把所有空气都放出去!"

博士眯起了眼睛。"我们在一辆救护车里,"他说,"它又不是密封的。我们一进这里,空气就开始往外泄了。鉴于我们的脸色并没有变得跟塔迪斯一样蓝,说明也有空气渗进来。"随后,他打开车门,跳了出去。

沃伦和玫从救护车后部爬了出去,克拉拉嘬了会儿嘴,最后也下车加入了他们。

"这路走起来不太顺,"沃伦说,"脚下不平。"

博士弯下腰,手指划过地面。"有点像时间漩涡,"他说,"不过是死掉的那种。"

"也许这是虫洞死亡之后的模样?"克拉拉说。

博士摇了摇头。"它们不会死,"他说,"它们从最开始就不是活的。它们只不过是通道,从一个时空通往另一个时空。"他拿出一只华丽的观剧望远镜,透过它凝视着虫洞,"你们能看见吗?那一端有光。"

他把望远镜递给了沃伦。

"我能看见,"他说,"它在闪光——就跟医院的墙面一样。"

"那里一定就是出去的地方。"玫说,"出口。"

"但那最多就在几英里外,"沃伦说着,把望远镜还给了博士,"还不如月球远。"

"你忘了,"博士说,"当前的虫洞也许只有几英里,但它可能覆盖了好几千光年,甚至更长。"

"所以我们还是不知道它通往何处。"玫说。

"只有一个办法能得到答案。"克拉拉说着,为博士打开了驾驶室的门,"全部上车。下一站,神秘世界!"

所有人都爬上了救护车,继续前行。这段旅程颇为艰辛,博士得左弯右绕地避开隧道地面上的大块凸起。他们也不止一次听见，救护车侧面挂到虫洞内壁时发出的金属擦刮声。

突然，玫倒吸一口凉气，道："噢，我的天！我忽然想到那些是什么了。"

"哪些？"克拉拉问。

"墙面和地上的那些凸起。"玫大声道，"它们看起来像岩坨和石块，但其实不是。那是尸体！"

克拉拉朝窗外望去，用一只手捂住了嘴。玫说得没错。那儿，那块突出的灰色岩石，其实是肩膀和后脑勺。

博士叹了口气。"沃伦，"他说，"恐怕你'吓得人哆嗦'的桂冠要移交给别人了。新的冠军诞生了。"

克拉拉猛地转向博士，"你知道那些是尸体？"

"我去过庞贝，"博士说，"火山喷发当天去过[1]，多年以后又去过。维苏威火山灰里埋着的人形，看着跟这些可怜的家伙很像。"

"但他们是什么人？"玫问，"我是说，生前是什么人？"

博士顿了一顿，忖度着该怎么措辞。"他们是逝者的受害者。"他最终说道，"它们肯定把一些人从他们原来的星球带了过来，就像是外卖午餐一样。我们面前的便是残羹冷炙。"

玫脸色一白，"这太可怕……"

---

1. 详见新版《神秘博士》第4季第2集《庞贝烈焰》。在该集中，博士为了拯救人类，引爆了火山，形成了庞贝火山爆发的时间定点。

唰啦！

突然之间，玫不再坐在救护车后部，身旁的沃伦也消失了。实际上，她现在根本不在救护车里，也根本不在虫洞中。她身在一个晦暗的小房间，正用力敲打着一扇金属门。

唰啦！

玫从椅子上一跃而起，尖叫出声。博士踩下刹车转过身，音速起子握在手里准备就绪。"怎么了？"他问。

玫眼珠乱转，呼吸急促，感到心脏在胸腔中剧烈地跳动着。"我……我不知道。我刚才不在这里。我是说，不在这辆救护车里。我在某个房间里，但我出不去。"

博士用音速起子对着她扫了扫。"你的身体本身没有移动，"他查看着读数，说道，"一定是某种精神上的穿越。也许你接收到了某种精神能量的残余。"

听到博士的这番猜测，玫吓坏了，"你是说，我感受到了外面那些人中的某个的……濒死体验？"

博士点点头，继续往前开。虫洞闪着光的出口已清晰可见、近在眼前。"越接近那颗星球，跟受害者之间的联动就会越紧密。可能就是这个原因，让这个虫洞看起来犹如一条真正的隧道。它储存了逝者猎物的残骸——即其身体及精神能量。它没法像通常情况那样自我闭合。"

沃伦靠过去，握住了玫的手。"没事的，"他说，"我会保证……"

唰啦！

沃伦跑过一条走廊，竭力想要穿过迎面涌来的人潮，挤出路来。"欧玛！"他大喊道，"欧玛！"

唰啦！

沃伦跌靠回椅子上，惊讶地发现其他人都盯着他，"怎么啦？"

"欧玛是谁？还是什么东西？"博士问道。

"我不知道。"沃伦审慎地承认道，"怎么这么问？"

"你刚刚在喊这个词。"克拉拉说。

沃伦深深吐出一口气。"我刚才也经历了，"他说，"有那么一秒钟，我不在救护车里。我想要从一堆人里面挤过去，周围那些人全吓坏了。"

"好吧，"博士说着，转回身去发动引擎，把油门一踩到底，"我们越早离开这里越好。这里残留了许多零星的精神能量碎片，飘浮在四周。"救护车碾过满是凸起的地面，剧烈摇晃着，"别去想我们压过的是什么。"

"但如果我们到达那颗星球之后，发现一切就是这样呢？"克拉拉问，"如果我们到了那里，却发现我们……"

唰啦！

克拉拉直直地从床上坐起。房间很暗，连电源微光都没有。"妈妈！"她喊道，"妈妈，你在那儿吗？"

没人回答。克拉拉紧张地扯开毯子，踩上光滑的金属地板，冰得她的光脚直发冷。她伸手去够床头柜上的灯，那盏灯总是在那里，但她知道，在这个季节，里面的灯油一定已所剩无几。尽管如此，要让它给自己提供几分钟的光亮，应该还是足够的。她找到一根火柴，擦亮了，用颤抖的手指护住火苗，以点燃灯芯。几秒钟后，灯亮了起来。她发现自己还在自己的卧室里，心中不由一阵欣慰。

不，克拉拉想，这不是我的卧室，我的卧室在伦敦。但这个房间——涂漆的金属墙、旧飞船舱改造成的梳妆台——似乎是她最熟悉不过的地方。

突然，一阵敲门声传来。不，不只是敲门，更像是有人在重重擂门。外面会是谁呢？现在一定已经很晚了，甚至可能早是深夜。

"谁啊？"克拉拉问道，声音轻灵。然后她便僵住了，这不是她自己的嗓音。她比这副嗓音的主人年长许多。她把那盏灯举在身前，走向梳妆台，看向了那块作为镜子使用的锃亮钢板。镜子里出现了一张小女孩的脸，大概九或十岁的样子。克拉拉举起一只手，摸了摸自己的嘴唇——镜中女孩也做了同样的动作。

擂门声又来了——然而，这一次门开了，它只朝里开了几英寸，但足以吓到克拉拉了。她吹灭灯，跳回床上，用毯子盖住了头。也许这一切不过是场噩梦。也许，如果她快点睡着，一切都会恢复正常。

卧室的门赫然打开,克拉拉钻回毯子下面。敲门者无论是谁,现在都已经进了她的卧室。她能听到他们的脚步声在金属地面上铿锵作响,显然,他们穿了靴子。随后,入侵者掀开了她身上的毯子,用一束亮光照进了她的双眼。那是一束很亮的绿光。与此同时,还有一阵噪音传来,听起来有点像"吱滋滋滋滋滋滋"!

"终于找到你了!"博士说。

啷啦!

克拉拉从椅子上跳了起来。她回到了救护车里——不过现在是沃伦在开车,博士挤在他俩中间,手指摁着她的额头。

"你在做什么?"她大喊着,推开了博士的手。

博士看上去愣了一愣,"我在想办法救你。"

"你进入了我的意识?"

"是的,为了救你。"

"你没经过我的允许,就进入了我的意识?"

"我再说一次,你似乎忽略了'我救了你'这部分。"

"不许再这么做了!"

"不许做什么?救你?"

"不。不许再不经允许就进入我的意识。"

博士不安地拨弄着领结。"好吧。"他说。

"当然,除非你为了救我别无选择,必须这么做。"克拉拉说。然后，她想起了刚才见到的场景，顿时倒吸一口气，"我们得去救那个女孩！"

"哪个女孩？"博士问。

"你没看见她吗？"克拉拉问，"她是……呃，她是刚才的我。"

博士摇了摇头，"在那个房间里我只见到了一个人，那人长得像你。"

她坐了回去，显然颇为苦恼，"她好孤独。"

他们静静地向前行驶了几分钟，然后沃伦发话了："好了，"他说，"到终点了，朋友们。"虫洞闪着光的尽头，冲他们直扑而来。

博士爬到救护车后部，和玫待在一起，坐在了担架上。"祝好运，各位。"说着，他伸手抓住了固定在车壁上的氧气瓶。

随后，救护车冲进了另一个世界。

10

救护车冲出虫洞闪闪发光的末端,落在一大片冰面上,顿时打起了滑。轮胎拼命打转,想要在滑溜的地面找到一星半点的摩擦力。沃伦猛踩刹车,反打方向盘,竭力减弱车辆的势头。救护车转了整整两圈,撞上了一座凸起的雪堆。引擎发出噼啪的声音,然后熄灭了。

"有人受伤吗?"博士说着,松开了担架边缘。玫、克拉拉和沃伦都确认自己没事。

"很好。"博士说着,将身子探到前排两个座位中间,望向挡风玻璃外。窗外一片银装素裹,除了瓢泼大雨敲打车顶的声音外,寂然无声。

"无论我们在哪儿,这里似乎正值隆冬。"玫指出。

"不一定,"博士说着,绕过克拉拉,打开了她那边的车窗,"可能这里的夏天就是这样。或者,也有可能是冬夏交织,同时出现。"博士深深吸了一口冰冷的空气,"一个全新的季节,冬夏。"

"冬夏？"克拉拉说着，拍开博士的手，关上了自己这一侧的窗户。

博士抽了抽鼻子。"也许不是。走吧，我们去寻找文明的踪影。"他用音速起子触发点火装置，四次之后终于发动了引擎，但救护车并不听从沃伦的指挥，车轮仅仅在冰面上打着空转。

"我们卡住了，"他边说边挂回了"停车"的挡位，"嵌进了雪堆里。"

"那我们必须自己挖出条路来了。"博士说。他打开救护车的后门，跳下车，一个没站稳，就一屁股重重摔在了地上。"第一步要小心啊，"他挣扎着站了起来，"显然如此。"

克拉拉和玫也随他下了车，在冷冷的冰雨中瑟瑟发抖。"我们从哪里开始？"玫问。但博士没有回答。他正饶有兴致地研究着周围的环境。

"看，"博士说着，指向了他们撞上的那座雪堆的远方，"一排房子。"

"它们好袖珍，"克拉拉说，"没有哪个高过了一层楼。"

"看起来，它们是依山而建的。"博士说。

"就像霍比特洞府一样。"克拉拉说。

"真的跟霍比特洞府一模一样！"博士赞同道。

"所以我们来到了小人星？"

"不一定，"博士说，"从这里看，门廊的高度跟普通人类差不多。你们注意到了吗？有些门上的铁链松脱了。"

克拉拉透过噼噼啪啪的雨，眯着眼看了看，希望看得清楚些。"还有许多窗户也破了，"她说，"不知这是怎么回事？"

"我不知道，"博士说，"但我很有兴趣弄清楚。"

玫抱紧双臂，问："我们能晚点儿再研究当地建筑吗？先把救护车从雪里挖出来，坐回温暖的车里去。你们觉得如何？"

"当然，"博士咧嘴笑了，"不过我们需要能用来挖的工具。"

外面有一截木头，沃伦从驾驶室出来时，手里也拿着一块装饰板。"我们可以用这些。"他建议道。

"我们已经因为涉嫌偷盗救护车惹上麻烦了，"克拉拉提醒他道，"我不认为我们应该蓄意破坏它。"

"如果你更愿意徒手挖，也没关系，"沃伦说，"但可能会花两倍以上的时间，我们也可能因为冻伤而失去自己的手指。"

"把那个给我吧！"克拉拉傻笑一下，伸手抢过了那截木头。

沃伦轻轻一笑，然后回到车上继续扒嵌板。

他们花了大概二十分钟时间，把救护车的一侧从雪堆里拯救出来，完工时，所有人都浑身湿透，因为寒冷而瑟瑟发抖。沃伦启动了引擎，使尽浑身解数，终于让救护车得以向前驶去，尽管车胎还是很难抓住地面。

克拉拉蹿进副驾，打开了暖气。"我以为我再也暖不回来了。"她低吟道。

博士和玫也赶紧进了后座,关上了门。博士正给沃伦指导着最佳行驶路线,忽然,一群样貌与人类极为相近,但皮肤更苍白、眼睛更黑圆的"人"从雪堆顶上相继跳下,靠近了他们的救护车。对方分散开来,将他们包围在中间。

"你们好呀!"博士兴高采烈地说,"似乎迎宾小分队发现我们啦。"

"他们看上去不像是在欢迎我们。"克拉拉指出。

"给他们个机会吧,"博士说,"也许这就是他们跟陌生人打招呼的方式……"

那些人离救护车越来越近,个个都伸出了手臂来。他们衣着破烂,裹着老旧的毯子,脸上手上满是疮痂。一个脸颊内陷的女人在挡风玻璃外盯着救护车里的一行人,龇开一嘴坏掉的黑牙,冲他们愤怒地吐着口水。

博士耸了耸肩,"不过话又说回来……"

一个又高又瘦的男人冲上前,抓住救护车的一个后视镜,用力掰拽起来。

沃伦鸣响了喇叭。"离远点!"他大喊道。

这群人一听到响动,立即往后跳开。但当他们发现这个声音除了吓吓他们,并不能对他们做什么后,便再次靠了上来。那高个男人又开始拽后视镜,不一会儿就把它拔了下来。

那人把战利品紧紧抱在胸口,转身就跑。但没跑几步,那群人里就冲出两个人来,追上了他。他们把他拖绊在地,为那面镜子大打出手,对镜子的临时主人拳打脚踢,直到他把镜子交了出来。

"好了,"博士说,"我觉得我们需要离开这个地方。"

"我也是这样想的。"沃伦说着,调回了前进挡。

他们还没发动,救护车的后门就被拉开了,三个袭击者开始往里攀爬。玫看到他们立即尖叫起来,她想关上门,却被其中一个抓住腿拖出车外,拽到了冰面上。

"玫!"博士紧跟着跳出车外,撞在绑架玫的人身上,对方顿时摔趴在地。等博士终于爬起身子,已经有两个女人抓住玫的胳膊,拽着她往那排霍比特屋走去。

"博士!"克拉拉大声喊道,"你后面!"

一声金属闷响传来,博士转过身,发现两个人正猛击着救护车的侧面,第三个则攀到了救护车顶上。"开车!"博士对沃伦喊着,啪地关上了后门,"我去找玫,然后回来找你们!"

沃伦点点头,一脚踩下油门,轮子疯狂打转,终于抓住地面,冲向前方。那群人中的好几个不得不为之让道,否则他们就会被飞奔的车辆卷进车底。

博士确认了克拉拉和沃伦的安全,便追着玫和绑架玫的人去了。瓢泼大雨之中,他们的去向极难分辨。结冰的地面也滑得博士不停摔跤、双膝跪地。随后,他看到玫的红色套头衫一闪而过,便立即追了上去，每一步都用力踏向地面，让靴底扎进地表。

显然，那两个女人比博士更惯于在这种环境中奔跑。但玫一直在拼命挣扎，所以拖慢了她们的速度。

"给我站住！"博士咆哮着，从雨帘里现出了身形。他把音速起子当作手电筒，绿光将周围的积雪映得颇为诡谲。那两个女人一看见这个神奇的器械，就似乎把玫抛诸脑后了。她们放开玫，任由后者摔坐在潮湿的地面上。她们奔向博士，两双贪婪的大眼紧盯音速起子发出脉冲的那一端。

博士向玫伸出手，扶她站了起来，同时也搀着她，以免她再次跌倒。"跑！"他小声说道。

两人跑了起来，但他们的脚要么在冰面打滑，要么就陷进雪地里。问题是，雨水落进了他们眼里，他们无法辨别地面是哪种情况，所以前行速度被拖慢了。

过了一会儿，他们停下来喘了喘气。"那些人是谁？"玫问道。

"我不知道，"博士承认道，"但他们见到我们似乎并不开心。"

随后，他听到雪地里传来一阵嘎吱作响的脚步声。他回头一看，那帮人里的其他人靠了过来。他们被包围了。

博士再次从口袋里掏出音速起子，前后挥舞着。"往后退，"他警告道，"我可不怕用它！"他设法去按把手上的按钮，却发现那里根本没有按钮。博士叹了口气，他掏出来的根本不是音速起子，而是胡萝卜。

"听着，"他说，"你们有这堆雪，我有一根胡萝卜。如果玫能从她的口袋里掏出三块炭和一顶高帽，也许我们能安排……"

博士把胡萝卜扔在地上，攻击者里离他们最近的三个人立即跪倒在地，争抢起来。博士终于找到了音速起子，他把它抓在手里，伸长手臂，用绿光照亮了那群不断靠近的袭击者苍白的面孔。

"往后退！"他警告着，用音速起子来回指着那些人。但他们依旧在缓缓推进，目光锁定在音速起子顶端那绿宝石般的光芒上。

"他们不想伤害你们！"一个声音喊道。

博士转过身，只见一个人站在那排房子当中某座的顶上，在泛着微弱白光的天空中，呈现为一道剪影。"他们想要什么？"博士喊了回去。

"你的物品。"那个人说道。他的声音很深沉，是个男声。"给他们一点你的东西，他们就会放过你了——至少一段时间内不会再来烦你。"

博士依旧把音速起子拿得一臂远，让它继续嗡鸣。他松开玫的腰，用空出的手在夹克衫口袋里翻找起来。玫从裙子口袋里掏出博士早些时候给她的小蜜橘，"他是说这样的东西吗？"

博士耸了耸肩，"值得一试……"

玫把那个水果扔过两个攻击者的头顶。那两个人——一男一女，扑了上去，在雪地里争抢起来。

"继续扔！"房顶上那个人大声说道。

博士把手从口袋里抽出来，低头看了看。他手里攥着一支银色钢笔。

"你在等什么？"玫大声说道，"扔啊！"

"但这是原版的保罗·E.沃特钢笔[1]！"博士嚷道，"马克·吐温用它写完《哈克贝利·费恩历险记》的第一稿后，亲手把它送给我的。他拼写水平超差，在他提交手稿之前，我不得不为他做了好多校订。"

"那选点别的东西！"玫叫道。

博士把那支钢笔塞回口袋，然后掏出一把大钥匙，之后是电脑鼠标，最后是一只棒球。包围他们的那群人已经逐渐意识到，音速起子并不会给他们造成任何伤害，于是又悄悄靠拢过来。"快扔！"玫大喊道，"现在就扔！"

"这可是贝比·鲁斯[2]的签名版。"博士唏嘘个不停，把有签名的那一面秀了出来。

"我不在乎！"玫从博士手里夺过棒球，用力扔到那些人面前。攻击者们蜂拥而上，嘴里嘟嘟囔囔，手上推推搡搡，都想得到它。

---
1. 知名钢笔制造商，创立于17世纪末。
2. 上世纪二三十年代美国最著名的棒球选手。

"往这边走,"屋顶上的男人说道,"快走!"他从屋顶上跳下来,敏捷地落在雪地上。他打开了那排房子里为数不多的窗户完好的一栋房子的大门。

博士抓住玫的手,跑了起来。他们从那人身边经过,进了门。

房子里面的空间比博士料想的要大,似乎嵌了一些在山壁里。但他此刻没有时间来一探究竟。那个男人走到房间中央,打开了地上的一道金属活板门,示意他俩顺着楼梯爬下去。那窄窄的楼梯通向一片黑暗。

博士依言让玫先下去,自己跟在玫后面往下走,他们的新朋友则在最后。梯子底端的空间并不宽敞,博士和玫都能感觉到自己和第四个人挤在了一起。

"你好!"博士打了个招呼,伸出自己湿漉漉的手。一道微光从上方的房间里照射下来,但咔啦一声之后,活板门关上,那道光也随之不见了。

"嘘嘘嘘!"带他们进来的那个男人示意道。他俩安静下来,与此同时,上面房间的窗户碎了,博士能听到攀爬入内的脚步声,有人正踩着碎玻璃嘎吱嘎吱地走过来。开始只有一个攻击者,然后来了第二个,后来人数太多,就没法一一辨认了。

那群人在上面步履拖沓地晃了几分钟,最终嘟囔着悻悻原路返回了。

"好吧,"一阵沉默后,博士说话了,"挺惬意的,是吧?"

他点亮音速起子,所有人都沐浴在了绿光下。他还是看不清救他们的人,但这给了他一个环顾四周的机会。另外那个男人身后有一道门。

"那只是去下面一层的入口,"那个男人说道,"我没把你们再往下带,因为望者还在上面,我怕他们听到开门时的嘎吱声。这些都是老房子了,设施维护可不怎么好。"

"望者?"玫问道,"他们是谁?"

"你们从没听说过望者?"另外那个人问,"你们是从哪里来的?"

"说来话长。"博士说,"但既然我们不怕被人听到了,为什么不再往里走走,让自己舒服一点儿?"

那人转身打开了里面那扇门。果然,门敞开的同时发出了巨大的嘎吱声。借着音速起子的微光,博士和玫隐约可以看到,一条长长的走廊直通黑暗之中。

"等等,"其中一个男人说道,"这附近应该有盏油灯。"他擦亮一根火柴,火苗蹿了出来。这突如其来的光让博士眨了眨眼。等眼睛适应后,他转身感谢了两位对自己和玫的救命之恩。

他顿了顿,嘴角咧出大大的笑,挤跑了其他五官,"噢,这太棒了!是不是啊,玫?"

玫打量着那两个男人。他们都穿着肥大的多色服装,脸部涂白,鼻头鲜红,头上戴着蓬松的七彩假发。"你们是小丑!"她倒吸了一口气。

"嗯,当然了,"房顶上下来的红鼻男人说道,"他叫翻筋斗,我叫摇摆摆。你们以为会遇见别人,而不是小丑?"

"其实也不。"博士乐道。他抓住摇摆摆的手,用力攥了一下,"偷了一辆救护车,千里迢迢来到这个冰雪世界,撞见一帮会为棒球和蜜橘争抢不休的小偷。再来几个等着救我们于危难之中的小丑,又怎么样呢?"

博士转过身,好好看了看这条走廊。走廊两侧都有门,博士试了试第一扇,里面是装备齐全的卧室。"这太吸引人了!"博士愉快地说,"我猜你们下来是为了避开外面的天寒地冻。"

"不,"翻筋斗淡淡地说,"我们来这里,是为了避开熊的攻击。"

"现在就掉头!"克拉拉喊道,"我们必须回去找他们!"他们刚离开博士和玫不过几分钟,但暴风雨中已经看不见他们的身影。雨刷来回刮着挡风玻璃,但在提高可见度的方面收效甚微。

"我想掉头!"沃伦喊道,"但两边都是雪堆。如果我在这里掉头,我们会再次陷进去。那会是什么结果?"

克拉拉将手伸向了门把手。

"你要干什么?"沃伦嚷着,抓住她的胳膊,朝远离车门的方向拉。

"去帮助博士!"

"别傻了!我们这可不是在一般的路上——我们驶过的是雪地和冰面。就算你能找到回去的路,你也只会把自己径直送进那堆攻击我们的疯子手里。"

"好吧,但我们必须做点什么。"

"我们会做的。"沃伦安慰她道。他把手伸进夹克口袋,从枪套里掏出了配枪,"拿着这个。"

克拉拉笨拙地接过枪,握住锃亮的木质枪柄。她的手指没有往扳机上放。沃伦点点头,继续开车。

事实证明,驾驶救护车可不容易。冰冷的雨落到雪地上,结出了冰。救护车偶尔会左右打滑,碰到两边的雪堆,撞出一大片一大片白色的雪渣。

"路变宽了一点儿。"沃伦说着,向右边轻轻打着方向盘,纠正了微微打滑造成的偏移,"如果前面的路还是这样,我们几分钟后就能掉头。"

"停车!"克拉拉突然嚷道。

沃伦踩下刹车,但车还是往前滑了几码,轻轻撞在路边的雪墙上,停了下来。

"怎么了?"沃伦问。

"那里。"克拉拉用手指着挡风玻璃说道,"我们前面有什么东西。"

沃伦把车窗内侧凝结的水汽擦掉，试着去找克拉拉正盯着的那个东西。一阵狂风把落雨吹向一旁，于是在那个瞬间，沃伦看到了。"是个雪堆，"他说，"你眼睛真尖。如果我们撞上那个，就哪儿也别去了。我去把它清理掉。"

他抓起一块木板，准备下车。那木板原本是车内的装饰。

"小心点。"克拉拉说。

沃伦点点头，重新回到冰冷的车外。克拉拉看着他走向那堆雪，他的身影由救护车头灯照亮。然而，毫无征兆地，那堆雪忽然动了起来。它抬升到空中，转过身，面向这位联邦调查局探员。

那竟然不是一堆雪，而是一头纯白的熊。

沃伦惊恐地望着这头生物。它现在借助后腿站了起来，看着至少有十二英尺[1]高，嘴角也探出锋利无比的獠牙——那是一头剑齿北极熊。

那动物咆哮起来，吼声在沃伦五脏六腑间翻腾。他想跑。他想转身蹿回救护车，把车开得越远越好。但他动弹不得。恐惧将他的双脚钉在地面上，他将命丧当场。在某颗外星球上，甚至没人能找到他的尸体——如果这头巨熊吃完以后，还能剩下些什么，来勉强称作"尸体"的话。

那头熊缓缓走向沃伦。突然，沃伦双腿的知觉回来了。他一

---

1. 约3.66米。

边后退,一边紧盯着熊,手里拿着从救护车门上拆下的嵌板,仿佛它能对抗那动物的尖牙利爪——但他别无他物。

巨熊挥动巨掌,一下便把木板劈为两半,沃伦随之踉跄后退,脚下不住打滑。他迅速左右看看,寻找逃脱路线,但目力所及俱是白雪。如果他企图逃跑,那家伙几秒钟之内就能抓到他。

他感觉自己的腿肚子撞到了什么坚硬的东西,原来是救护车的前保险杠。他用手指摸索着救护车的车盖,想弄清楚自己此刻离哪扇车门更近。引擎没有熄火,沃伦指尖下的金属还有温度。有那么一刻,沃伦想着,这是否就是他最后的知觉了。

现在熊离他只有几英尺了,它依旧后腿着地,缓缓迫近。它再次咆哮一声,挥起熊掌,利爪划破了沃伦的夹克衫,然后——

砰!

听到枪响,熊惊了一惊,但很快便镇定下来。它发出怒号,继续向前行进。

砰!

这次,熊停了下来。沃伦终于有力气动起来了。他转过身,发现克拉拉淋着雨站在他身后,枪口对着那头动物。

"回救护车去。"他命令道,同时跑向驾驶室的门。右侧雪堆里传来一阵咆哮,紧接着又是一阵——这次在他左边。那头熊可是有伴儿的,而枪响吸引了它们的注意。

克拉拉和沃伦跳回救护车里,关上了门。沃伦提了速,直直冲向前面那头狂暴的熊。他撞到熊的左腿，把它掀翻在地，也失去了救护车仅剩的后视镜。这股劲头令救护车开始打转，沃伦竭力操控轮胎，以免撞上两侧的雪墙。

出乎克拉拉的意料，救护车竟恰好转了180度，他们现在正对着博士和玫离去的那个方向。她和沃伦抓紧时间相视一笑，随后发动汽车，绕开那头被他们撞得不再动弹的熊，加速前进，驶上回程救援的路。

随后，一只巨大的灰白熊掌，猛然敲碎了克拉拉身旁的窗玻璃。

11

"你们是从另一个星球来的?"摇摆摆停下正准备点燃壁炉的手,转身看向博士,后者正来回踱步,每一步都踩得地面吱呀作响。

穿过地下通道深处那道门,现在他们在一间装修简朴但还算舒适的客厅里。就像刚才那间卧室一样,客厅的墙面、天花板和地板都是金属材质。四把扶手椅面向火炉围成半圆,上面的材质磨损得厉害,但玫在小丑们的邀请下试坐了其中一把,发现坐起来非常舒服。

"如果要严谨一些,我们其实来自两个不同的星球,"博士说,"但现在就说是地球好了。这里是什么星球?"

"你不知道?"翻筋斗问。

"完全不知道,"博士愉快地说,"一半的乐趣都在这里。"

"这里是塞姆提斯。"摇摆摆答道,将目光转回了火堆。他拨弄着木头,确保它们都烧着了,然后退到一边,让博士和玫靠近火源。

"塞姆提斯！"博士兴奋地嚷着，抬腿将浸湿的裤脚举到火堆旁边，"天啊！如果我没记错的话——我很少记错任何事——这颗星球在仙女星系左上角，以地球为参照的话。你离家很远了，玫。"

"我们在另一个星系？"玫边问边伸出手掌，在温暖的火堆边烤着。

博士点点头，"离你的星球250万光年。不过如果你能等一等，也许就没这么远。它们将会相撞……"博士看了一眼手表，"大约在40亿年之后。"

玫眨了眨眼，显然并没有相信。"而这里的人正好是人类，还说着英语？"

"人类在宇宙中很常见啊。"博士指出，"至于语言，那是塔迪斯在帮我们翻译。也许它在250万光年以外，但如果借助虫洞，就只有几英里远，完全在翻译覆盖范围内。"

"虫洞？"摇摆摆问。

博士点点头，"它连接着塞姆提斯和地球。我们就是通过它到达这里的。"他脱下夹克衫，举到火堆前烘烤，"又来了——领结又打湿了一次，最近似乎老遇见这种事。"

玫向前靠了靠，掌心凑近熊熊燃烧的火堆，"我喜欢这下面，比那上面好。"

"这里很好，"博士对小丑们说，"但我们不能待太久，我们必须找到我们的朋友,我还想在这里找人聊聊逝者。"

翻筋斗在听到这个名字时瑟缩了一下。"逝者摧毁了我们的世界,"他说,"把我们变成了部落社会——就像你们在外面遇到的望者那样。"

"你之前也是这样叫他们的。"玫说,"'望者'是什么?"

摇摆摆往扶手椅前面坐了坐,尽管脸上画着笑脸,但此刻他的表情却十分肃穆。"大约是上一季末的时候,我们就开始看见脸,"他解释道,"在墙上的图案里,或窗面附着的冰层中,所有那些去世之人的脸,我们思念之人的脸。随后,蓝衣女子们就出现了。"

玫和博士对视一眼,这听起来相当耳熟。

"她们会抓住我们的手,榨干我们的意识,"摇摆摆继续说道,"我们想要摆脱逝者,但每当我们尝试救人,他们却死了。"他凝视了一会儿噼啪作响的火苗,"它们以我们的悲伤为食。"

"现在这一切正在地球上演,"博士说,"我必须找出办法阻止它们。"

"你没办法的。"翻筋斗说道,"逝者势不可当,我们什么法子都试过了。"

"但是,为什么那些人——望者——看见我们的时候,会是那样的表现?"玫问。

"是人脑的原因,"博士说,"当一种情感——比如悲伤——

完全从人脑中抹除，另一种情感就会蔓延开来填补空缺。这种情感会超过那人其他所有情感，成为主宰。对那些望者来说，似乎嫉妒成了主宰。"

"没错，"摇摆摆说，"他们想要任何自己没有的东西——虽然他们到手后也不知道该拿它来做什么。他们只会把新得的东西扔到一边，再去攫取别的。"

"我猜他们不是唯一的'部落'，你刚才用的是这个词吧？"博士说。

"怒者是最可怕的，"翻筋斗说，"他们完全被愤怒控制了，只会攻击和破坏。颤者让他们吓坏了。"

"受恐惧支配的人？"玫问。

摇摆摆点了点头，"他们不会给我们惹事，大多数时候都畏缩在家里。但我们仍在想办法照顾他们。他们能自给自足，但也仅此而已。"

"'我们'？"博士问，"你们有多少人？"

"现在大约有五百人，"翻筋斗说，"没被感染的人从塞姆提斯各地集结而来，想找到安全的住处。我们把这些人训练成小丑，这样他们就能协助我们工作。"

"你们的工作到底是什么？"玫问。

"我们帮助别人。"摇摆摆说，"是花了一些时间，但我们最终发现，望者和颤者缺失的情感是可以恢复的，那甚至对某些怒者也有效。"

"所以他们就恢复正常了？"

"我们竭力让他们接近正常水平，"摇摆摆回答，"恢复者需要定期治疗，才能维持情感平衡。迄今为止，我们很少有失败案例。许多病人现在已经恢复得很好了，可以加入小丑团队并照顾新来的人。"

"啊，人类！"博士大喊道，"无论你们在哪颗星球上进化生息，追求的东西都始终如一——你们助人为乐。这太美好了！"

"不，并不，"玫说，"一点儿也不美好。逝者捣完乱离开后，地球也会变成这副模样吗？将会成为怒者和望者的星球？"

"只要我出面就不会。"博士说着，抓起自己半干的外套穿了回去，"我想去看看这些康复训练是怎么进行的。"

"没问题，"摇摆摆说，"跟我们回营地就可以了。"

"不过我们不能空手回去。"翻筋斗指出。

"他说得没错。"摇摆摆说，"我们从黎明时分就开始跟踪那帮望者了，准备带一个跟我们回基地去。"

玫倒吸一口气，"你是说绑架他们？"

"他们也不是自愿进行康复训练的，"摇摆摆指出，"而且这能逐渐为生活在此的其他人提供更安全的环境。"

"非常对，"博士说，"那我们出去抓个望者吧。"

克拉拉睁开双眼,但视线依旧模糊。不过,周围也没什么可看的。她此刻正躺在雪地里,身上非常、非常冷。在她身后,那台救护车——或者说救护车残骸——侧翻在地,轮胎打着转。剑齿北极熊的上半身从车底探了出来。谢天谢地,那头熊已经死透了。

如果我找不到地方容身,也一样会死。沃伦也是。她这么想着。

等等,沃伦呢?照理说,他穿的衣服那么显眼,在天寒地冻的雪地里一定很容易找到。

克拉拉听到一声呻吟,便吃力地望向那个方向。她发现沃伦半埋在雪堆里,一动不动。克拉拉匍匐着向沃伦的方向爬去。她对这场事故还有些模糊的记忆:那熊发动袭击时,沃伦猛打方向盘,救护车侧滑着撞上雪墙,压在熊身上,翻倒在地。这一撞把另一头熊吓跑了,但过不了多久它就会回来,毕竟现在这里有鲜肉供应。

克拉拉爬到沃伦身边,在一旁的雪地里倒下了。她的头突突作疼,是不是在救护车翻倒时撞上了什么?她记不起来了。她唯一能听到的,就是疼痛带来的、在脑中回荡不休的砰砰抽痛声——还有点儿别的,一种吱吱的声响。吱、吱、吱、吱。

克拉拉的视线又一次模糊起来。就在此时,一双大鞋进入了她的视野。原来是这双鞋发出的吱吱声!吱、吱、吱、吱。这双大鞋的主人站在她面前,一头卷发随风飘动。

"噢,可别吧!"

一阵气体嘶嘶声过后,一切落入了黑暗中。

"我已经很多年没播过这个了!"博士大叫着。他的录音机里正播着一版《三只瞎老鼠》[1]。"我都不知道自己口袋里还有这个!"

玫跟两个小丑一起,蹲伏在破败门扇那七零八落的木板后。"你们确定望者会来争夺它?"她压低声音道。

"当然。"博士说,"我的意思是,这么好一台录音机,谁不想要?"他突然闪过一个不快的念头,瞬间皱起了眉,"我不必把它给出去,对吧?"

"不必,"摇摆摆说,"只要其中一个望者受到吸引靠得够近,后面的事情就交给我们吧。"

于是,博士在那排废弃的房子前面来回踱起步来,用录音机播放着音乐。

"你非得跟着跳?"玫露出了微笑。

"我没在跳,"博士说着,暂停了正放到一半的爵士版《扬基小调》[2],"我在踩拍子,像行进乐队那样。"他继续播放音乐,

---

1. 一首英文童谣。
2. 一首很受欢迎的英文儿歌。

这次有意放轻了脚步。

"那儿!"翻筋斗指着一座大雪堆说道,"我看到有人在动。"

"我也看见他了。"摇摆摆说,"好了,博士,你有伴儿了。继续放,不要跟他有眼神接触。让他来找你。"

博士把音乐从《扬基小调》切到了《圣者的行进》[1]。

望者移动得飞快。前一秒他还在藏身处谨慎地观望博士,下一刻他却已经抓住了录音机的一端,想把它从博士手中夺过去。

"趁现在!"翻筋斗大喊道。

玫一脸惊奇地看着眼前的场景,只见两个小丑蹦出来,分别跳到望者两侧。那人还没来得及反应,一股气体便喷涌而出——它来自小丑夹克衫翻领上别着的超大型塑料花。

"屏住气!"摇摆摆命令道。博士停了音乐,最后一个音符在废屋的四壁间回荡。

那股气体即刻起效,让望者不省人事地晕倒在地。

"好了,"摇摆摆说,"剩下的气体已经给吹散了。我们可以呼吸了。"

博士接着刚才暂停的部分继续放起音乐来。

"他说的是呼吸,不是放曲。"翻筋斗指出。

博士不情愿地放下录音机。"我正玩儿得开心呢。"他喃喃

---

1. 一首儿歌,亦有著名同名福音圣歌。

着,把设备放回外套里,"现在干啥?"

望者已经失去了意识,翻筋斗和摇摆摆架起他的双臂,扛着他站了起来。"趁那帮人还没来找他,我们先把他带回营地。"

他们带着博士和玫回到地下隧道,翻筋斗从其中一间卧室里推来一台金属推车,他们小心地把望者放了进去。然后,摇摆摆手执一盏油灯,照亮前路,带着一行人沿通道往深处走去。

他们走了大概二十分钟,玫开口了:"为什么是我们?"玫问道,"为什么会有像我们这样,能幸免于难、免遭吞噬的人?"

"我有个理论。"摇摆摆说,"就我而言,我觉得是因为我在安保队工作,在街上巡逻、帮助别人,偶尔也应对罪犯和突发事件。我见过一些可怕的事,而且经常需要将坏消息带给受害者的亲朋好友。"

"就跟沃伦一样,"博士说,"他是我们的一位朋友。"他为小丑们补充说明道,"他跟你一样,是位执法人员。也许比起常人,他耳闻目睹过更多的悲伤。还有你,玫。报纸上那些故事,那些悲欢离合,让你变得坚强,给了你抵御逝者攻击的力量。"

隧道开始变宽,博士能看到前方有光。声音在隧道的金属墙间回荡。过了一会儿,一行人进入了一座广阔的地下洞穴。

"欢迎来到小丑营地!"摇摆摆说着,咧嘴而笑。

博士和玫站在入口旁边,沉浸在眼前这一幕中。看起来,这里曾是剧场或者表演场所,但座位已经都挪走了,原本放座位的地方现在有几十顶小型五彩帐篷，有些是尖顶有些是圆顶。高耸的天花板上，射灯藏在拉伸开来模仿马戏团大帐篷顶部的那些长布条后，将光线倾泻而下。

舞台上，一群年轻的小丑正在表演抛接杂耍、舞蹈、转盘子，他们翻滚着，举着假的蛋奶馅饼追逐玩闹。到处都有音乐，明快、欢欣、喜悦的音乐。还有那些涂得五颜六色的人，在位置上或站或坐地演奏着乐器。博士就差掏出录音机直接加入了。但他忍住了，站在原处，把嘴咧到最大，露出了笑容。

"噢，这可太妙了！"

一个穿着杂技演员服的男人匆匆向他们走来，他手里拿着托盘，上面放着饮料。"欢迎！"他愉快地说道，"我是约格。请自便！"

玫从托盘上拿了一杯饮料，说："谢谢你，约格。"。

翻筋斗笑道："就在两周前，约格还是个望者，就跟这个人一样。我们用了不到八个疗程就让他恢复了。希望这次也能这么容易。"他转过身，推起推车往大厅远处一扇拱门走去，推车上躺着那个熟睡的望者。

"你们把他们都安置在那里吗？"博士问，"那些怒者、望者和颤者？"

"在不同的房间里。"摇摆摆说，"你想去看看吗？"

他带着博士和玫走过那道拱门，到了一条走廊上，它跟之前那排破败房屋地下的走廊几乎一模一样，差异只在于，这条光线更亮，而且固定在墙面的那些扩音器使这里充溢着来自主厅的音乐。

走廊两侧的门上都嵌着带铁条的窗子，博士在第一扇门前停了下来，透过窗户向里窥视。房间里两女一男坐在扶手椅上，每张脸都爬满了恐惧。其中一个女人看到博士正盯着她，便尖叫一声，缩起双膝贴近胸口，把自己蜷成了一个球。

"没事的，"博士说，"你在这里很安全。这些人会帮你找回微笑。"他转过身，发现玫正站在旁边，也在往房间里看。

"这太糟糕了。"她说。

摇摆摆把手放到她的肩上。"这只是暂时的，"他宽慰着玫，"你也见到约格了——那个给你饮料的杂技演员。这些人很快就能跟他一样了。"

下一个房间里只有一位熟睡的望者，就是他们带回来的那个。翻筋斗小心翼翼地将他扶上折叠床，让他躺成复苏体位。

"我们有十多个安置病人的房间。"摇摆摆边说，边领着博士和玫走过更多安置颤者和望者的房间。路过望者房间时，他们从铁窗后面伸出手，想要抓住过路的探视者们的衣服，"但接下来这些就有点让人头疼了……"

走廊尽头是一道上门的门，由一位头戴黄色卷发、脚穿超大鞋子的小丑守着。摇摆摆点点头，守门人移开金属门闩，打开了门。博士和玫立刻听到了怒斥和尖叫声。这扇门后面还有三扇门。博士站到第一扇前，靠近带铁条的窗户。

这个房间里所有家具都被清走了，摇摆摆说这是为了避免怒者伤到自己。里面那个男人有四十来岁，微胖，个矮。看见来人，他狂暴地咆哮着冲了过来，撞在门上，力道之大，令玫不由自主地往后跳了一步。

"没关系的，"博士说，"我是自己人。"但这些话对那个男人的举止没有起到任何作用。他的拳头雨点般砸在门上，本就鲜血淋漓的指关节又撕破了一层皮肉。

"我认识他，"摇摆摆伤心地说，"我的意思是，在现实生活里，在逝者出现前。他跟我住在一条街上，在街市摆摊卖蔬菜。没有比他更好、更和善的人了。"仿佛是在抗议这种说法，那个男人伸着脑袋撞向了门，他的额头砸在金属上，让他跌跌撞撞地退了回去。博士迅速移向旁边的房间。

玫跟了上去，路过时瞟了那个男人一眼，情不自禁地为他感到难过。因为愤怒，他的脸颊涨得发紫，但他却永远不明白自己为何愤怒。他的眼睛……她没法一直盯着他的眼睛。那个男人的双眼从脑袋上凸出来，像要爆炸一般。她匆忙跟上博士和摇摆摆，向下一个房间走去。

"撞门的已经很糟糕了，"摇摆摆说，"但你要小心的是那些安安静静的。他们会毫无预兆地袭击你。"

172

博士走到门边往里看去——然后用力抓住窗上铁条，指关节都发了白。"马上打开这扇门！"他命令道。

"我不能，"摇摆摆说，"可能会有危险……"

"快开！"

摇摆摆朝走廊那边的守卫喊道："多尔菲尼……"

那小丑向他们跑来，脚上的大鞋吱吱作响。他从腰带上解下一大串钥匙，找出对应的那把，打开了门。博士冲进房间，玫也紧跟在后，眼前的一幕让她倒吸一口冷气。

躺倒在房间一角地面上的，竟是克拉拉。

12

博士顺着摇摆摆指的方向，抱着克拉拉到了一个位于观众席后部的尖顶帐篷里。沃伦已经在里面了，一位穿着荧光护士服的女性小丑，正擦拭着沃伦脸颊上一处看起来颇为糟糕的伤口。

"博士！"他大喊道，"她还好吗？"

博士让克拉拉躺在一堆毯子上。"轻微脑震荡，没有生命危险。"他说着，从护士手里接过湿布，擦拭着克拉拉的额头。玫匆匆走向沃伦，紧紧抱住了他。

多尔菲尼出现在帐篷入口。"非常抱歉，"他说着，戴白手套的双手彼此绞紧，"我在雪地里发现了他俩，旁边是某种古怪车辆的残骸。男士已经失去意识，而女士正向他爬去。我以为她是怒者，要攻击他，所以对她用了催眠瓦斯。"

"没关系，"博士说，"我知道你不是故意的。"

多尔菲尼点点头，一步一顿地走开了，脚上的鞋子吱吱作响。

"发生了什么？"玫问。

沃伦把他们遇见熊和逃跑时的事故告诉了博士和玫，但之后的事情他也不怎么记得。"我恢复意识时,已经躺在这里,由欧玛照顾了。"他冲小丑护士笑了笑,护士白色妆容下的脸颊泛起了红晕。

"欧玛!"玫大声道,"你在虫洞里就喊的这个名字。"

沃伦点点头,"逝者来袭时,她失去了与兄弟的联系。我觉得我接触到的就是他的记忆。"

"博士,你和你的朋友也许会想来看看这个……"摇摆摆从帐篷门帘里探出脑袋,招手示意他们跟他走。

博士低头看了一眼克拉拉。"没事的,"欧玛微笑着说道,"我会照料她的。"

博士带着玫和沃伦走出帐篷,摇摆摆指了指前方的舞台。演员们已经退到两侧,两个体型较大的小丑带着一个男人走到了舞台中央,那正是他们之前抓到的望者。他现在完全清醒了,伸出手想去抓那些道具,但两个小丑牢牢摁着他,不让他动。

摇摆摆察觉到玫的不适,便转身面向她。"我们必须控制住他,不让他动,"他解释道,"至少一开始要这样。要想康复训练奏效,病人必须待在一个地方,在那里去看、去听身边发生的一切。"他从口袋里拿出一只哨子,举到嘴边吹响。"治疗开始!"他大喊道。

房间里的乐手演奏起了一首新曲子——听起来活泼、愉快、欢欣。音乐一起,舞台上的小丑们共同开始了表演。他们绕着望者打转，眉开眼笑、语笑喧阗。有的小丑互相抛接着鲜亮的彩色杂耍布条，有的在骑独轮车，有的则把气球扭成动物的形状。整个场景成了色彩和声音的壮观海洋，令人目眩神迷。

望者的脑袋左摇右摆，不知到底该看哪儿。他不止一次伸出手，想要去抓杂耍棒或动物气球。有时，某个欢笑的表演者会递给他一样东西，然后再迅速从舞台旁边抓过一个新的道具，重新加入热闹的人群中。望者不管拿到什么，都会马上丢在地上，因为他正专注于周围的精彩表演。

大约十分钟后，望者笑了。他笑得很轻，不过只是一声低笑。在这样精心编排的喧闹场景中，这样的笑很容易被忽略。但小丑们一见他笑，便发出一阵兴奋的欢呼声。摇摆摆又吹了一声口哨，演员们停下表演，那个男人也被带下了舞台。

"他现在会被带回自己的房间用餐、休息。"摇摆摆说，"我们明天会再给他进行一个疗程，如果一切顺利，他一个多星期就能加入小丑的队伍。"

博士转身面向摇摆摆，眼中闪烁着纯粹的喜悦。"我这一生，见过许多伟大的事迹，"他说道，"宅心仁厚的善行、大公无私的义举、体贴入微的关怀……但这件事仍属上乘。"说着，博士捧起那位小丑的脸，友好地亲了亲他的额头。

"对我就没那么妙不可言了。"一个声音在他们身后呻吟道。

博士、沃伦和玫一起转身，见克拉拉正向他们走来。

"你来了！"博士嚷着，张开双臂，给了她一个拥抱，"你能下床活动了啊？"

"这么吵，你来试着睡睡看。"克拉拉发起了牢骚。

"当心！"玫半开玩笑地警告道，"抱怨过头的话，他们可能又会以为你是怒者啦。"

克拉拉从路过的小丑手里的托盘上拿了一杯饮料，一饮而尽。"所以，"她说，"我错过了什么？"

"这位是摇摆摆，刚才向我们演示了小丑们是怎么让逝者的受害者恢复正常的。"博士说，"这不禁让我思考……如果我们对那些还跟逝者牵着手的人做同样的事，会怎么样？这些人的悲伤还没有完全被逝者吞噬。"

"我不知道，"小丑承认道，"这一整套流程是在逝者攻击完、离开后才建立起来的。除了我们几个幸免于难的人，塞姆提斯其他所有人都沦为了你见过的那几个部落的成员。至少，我们得到的消息是这样。"

"我说的不是塞姆提斯，"博士说，"我真希望自己当时就知道逝者，能来这里帮助你们，但这已经来不及了。我说的是地球。"

"你觉得如果我们为人们表演，就能让他们摆脱逝者的魔爪？"沃伦问道，"你觉得这可以切断链接？"

"我不知道，"博士说，"但我愿意一试。"他看了看自己的手表,"我们只剩不到五个小时,之后地球上所有人都会遭到感染,人们将接受自己的劫难。到时候,一切就太晚了。"

"但很多人已经成了逝者的盘中餐。博士,"玫问,"我们能在五小时内聚集足够的表演者吗?"

"我们也许没必要找,"博士答道,转向了摇摆摆,"你愿意帮助我们吗?"

小丑睁大戴妆的双眼,问:"你想让我们跟你去其他星球?"

"只去很短时间,"博士说,"不过是穿过虫洞的短途旅行,如果我们成功驱逐了逝者,我会驾驶我的塔迪斯,让大家坐头等舱回来。"

"你一直提到虫洞,"摇摆摆问,"那是什么意思?"

"这个我来,"沃伦说,"它就像穿越时空的一条隧道——有点像一只被剪开的袜子。虫洞扭曲宇宙法则,把两个地点连接起来,让人得以免除几千年的旅途,从一个地方到达另一个地方。"

"说得非常准确,"博士笑着说,"逝者利用虫洞从塞姆提斯去了地球。这段旅程有些颠簸,一路上还能见到些活生生的噩梦——但总的来说算是一段有趣的旅程。"他看向摇摆摆,"你愿意帮助我们吗?"

"行啊,谁能拒绝这样的机会呢?"小丑愉快地说,"我不能让所有人都去——这里还有重要的工作要做——但是我想我应该能召集大约含有一百名表演者的剧团。"

"不过你还忘了件重要的事,"克拉拉说,"我们在跟一头还是三头熊殊死搏斗时,救护车坏了。我们需要车才穿得回去,否则我们一进入口就会被炸成原子。"

"她说得没错,"沃伦说,"而且车还要足够大,返程可有一百多人。"

"这我们也能搞定。"摇摆摆说。他再次拿出口哨,吹了一声,"把车带出来!"

过了一会儿,一阵新的声响从背景音乐外传来。

噗嗒-噗嗒-哧!噗嗒-噗嗒-哧!噗嗒-噗嗒-哧!

一辆画有橙、绿花朵图案的小车,轧轧驶入了众人的视野。

"等等……"克拉拉皱了皱眉,说道,"我们全都要坐这东西回地球?"

"当然!"博士大声嚷着,嘴角直直咧到耳根,"受迦里弗莱科技——如型号 40 塔迪斯——启发,这就是宇宙中仅有的另一种跨维车辆,小丑车!"

玫爬进小丑车的后座,轻轻笑了。博士说得对,确实里面比外面大。她还是小女孩的时候,跟祖母一起看过马戏,并一直奇怪那么多小丑怎么坐得进这么小一辆车。那些喜剧表演用车是不是同样的原理呢?

门边出现了一位脸上涂着亮色的小丑,给了她一个盒子。她知道里面一定装着道具,也就是杂耍球、喇叭、魔术道具等等。他们会用这些东西,让地球上的人们摆脱逝者可怕的钳制。这会是一场硬仗,但博士给她吃了颗定心丸,说自己还有那么一两样制胜法宝能帮得上忙。

玫小心翼翼地把盒子放到一边,然后从另一个小丑手里接过一堆戏服。高中时,她和她的戏剧社团曾经在周边小学里巡演过自己写的故事。此刻,收拾小丑车准备上路,就跟当年收拾小面包车启程一样。

继两个小丑后,出现在门边的成了克拉拉,"怎么样?"

"还有很多地方,"玫指着车里空着的地方说道,"把我们都装进来应该不成问题。"

"很好,"克拉拉说,"因为博士想要——"她停了下来,目光扫过玫,望向她身后的那扇窗。

"怎么了?"玫问。但克拉拉消失了。玫爬下车匆匆跟上,发现克拉拉正蹲在一个小女孩身前。她大约四五岁的样子,手里拿着本画册。

"是她,"克拉拉抬头看着玫说道,"我在虫洞时梦见的那个小女孩。"她将目光移回小女孩身上,问道:"你叫什么名字?"

"贾兹。"女孩说。她看着克拉拉的双手,当它们握住她的双肩时,有些微的颤抖,"你是颤者吗?"

"不是。"克拉拉笑着说,"我没有被逝者感染。"

"你运气真好,"贾兹说,"我妈妈被感染了,现在是个颤者,但摇摆摆说能让她恢复。我希望他能,因为她有最好看的笑容。"

克拉拉将女孩搂入怀中,紧紧抱住,"如果摇摆摆说他能行,我相信他。"

贾兹笑了起来。"我要走了,"她说,"在我妈妈恢复前,他们不让我待在她的房间。但我每天都坐在外面,给她读故事。"

"做得太棒了!"克拉拉摸了摸女孩的头发,"有你这样的女儿,你妈妈一定很骄傲。"她望着贾兹跑向小房间的门,"我一直以为,世间没有悲伤是一件好事。"克拉拉边说边站了起来,"但并非如此。"

"是啊,并非如此。"博士说着,和沃伦一同走来,"人类是非常复杂的生物,脑中蕴含的一切都有其存在的道理。拿走其中任何一部分,整个大脑就会乱套。"

"如果我们没有任何情感,也许会更好。"沃伦表示。

"如果你见过那些我曾面对过的毫无情感的怪物,就不会这么说了。"他说,"塞姆提斯星球上的这些补救也许并非十全十美,但还是起了作用。人们在为他们的同胞做出不懈的努力。现在,我觉得我们差不多装车完毕了。让我们阻止这一切在地球重演吧。"

获选参与这次旅程的小丑们一个接一个爬进了小丑车后部,每个人都找到了空的座位。玫的两侧分别是护士欧玛和一个小丑,他穿着破衣烂衫,扮作流浪汉的模样。

沃伦和克拉拉面对面靠墙坐着,各自系好了安全带。"希望这次旅途没那么遭罪。"克拉拉说。

博士与翻筋斗、摇摆摆一起坐进了前座。"准备好了吗?"他微笑道。

摇摆摆点点头,"是时候去另一个世界大干一场了!"

翻筋斗发动引擎,将小车开到靠里的一道斜坡上。一位穿着油腻工作服的小丑拉下操作杆,门随之敞开,车辆驶出,进入了冰与雪的世界。

噗嗒-噗嗒-哧!噗嗒-噗嗒-哧!噗嗒-噗嗒-哧!

小车在滑溜的地面微微打滑,博士摇下自己那侧的窗户,朝外面看去。"你确定能开回你找到我们的地方?"他研究着下方滑溜的地表,问。

"没问题。"翻筋斗笑道。他按下仪表盘上的一个开关,车辆的轮胎上便伸出锋利的金属长钉,刺进冰面抓稳了地表。

博士开心地笑着,把窗户摇了上去,"我爱小丑!"

返回虫洞入口处的这段旅途没出岔子,也没遇见熊。翻筋斗在闪着微光的入口前停下车,让博士下去,用音速起子扫过入口表面。

"要重设极性。"伴着起子的哗叽声,博士这样说道。任务完成后,他心满意足地回到了车上。"各位请注意,"他对坐在后方的人们说道，"请系好安全带，将小桌板恢复竖直状态。如遇颠簸或他人可怕记忆闪现，请保持镇定。如失去供氧，各位将在几秒钟内脸色铁青窒息而亡。所以，让我们交叉手指，祈祷这一切不会发生。

"出口在门插科打诨地掉落后可供使用，或者经由弹射座椅您也能离开——我刚发现，我正坐在弹射座椅上面。我们衷心希望您下一次要进行梦魇横生的异星远行时，仍将选择虫洞旅行。现在，请大家放松坐好，享受旅程。"

他转过身，面向翻筋斗，压低声音说："不管发生什么，一直踩着油门，在我们从另一端出去前，不要停下。"

翻筋斗点点头，发动小丑车，开进了虫洞。

13

小丑车从医院外墙的闪光入口中冲了出来,轮胎上的长钉翻起了停车场的柏油碎石地面。翻筋斗踩下刹车,车辆剧烈颤动着,停了下来。

"摇摆摆!"博士大喊着,用音速起子扫向他。小丑苍白的妆容下,面色铁青。

"他怎么了?"翻筋斗问道。

"他陷入了某人的记忆里,"博士解释道,"我们去塞姆提斯的路上也遇到过,几分钟后他应该就没事了。"

就像商量好了一般,摇摆摆呻吟着睁开了眼。"他被困住了,"他说,"一个男孩——一个少年,困在自家地下室里。他的父母是怒者,把一楼毁得千疮百孔。他……正在用无线电发送求救信号。我记住了那个频道。"

"所以你回去以后就能找到他啦。"博士说。他转过身,看着坐在后面的克拉拉、沃伦和玫,"大家都还好吗?"

"有几个人看到了记忆闪现,"克拉拉答道,"但他们现在都恢复过来了。"

"很好，"博士说，"大家都下车吧。"

小丑们逐一从这辆小车里慢慢出来，步入了下午四五点的阳光里。他们惊奇地四下环顾，打量着这个奇异新世界。有两个小丑不安地走近一棵树，用手抚摸着树皮，傻笑起来。

"这是什么地方？"欧玛抬头看了看眼前的大楼，问。

"一家医院，"沃伦答道，"里面有医生和护士，他们照顾生病的人。"

欧玛低头看了看自己身上闪着荧光的粉色护士服，说："那我应该能完全融入吧。"她的脸上泛起微笑。

沃伦也笑了，"天衣无缝。"

"博士，"玫说，"快看！"

博士转过身，见几十个人从医院入口的台阶上走下来，每一个都牵着一位蓝纱女子。

"那边也有。"克拉拉指着另一个方位说道。几十个人穿过停车场，向他们靠拢过来。

一个医院护工——博士和克拉拉刚来时碰到的那个推轮椅的男人——向博士伸出了另一只手。"我偷东西，"他说，"专偷那些不知道自己在哪儿的病人。我偷他们的东西，都锁在我的储物柜里。帮帮我吧，我会把它们都还回去的。我会找到我偷过的人，把属于他们的东西还回去。"

"我每周日都会去教堂，"那群人后方的一位女子说道，"请帮帮我吧。我保证！"

"我的妻子，"博士左边有个男人说道，"我会对她忠贞不贰的，我发誓。就从这一刻开始。把这东西从我身旁弄走！"

克拉拉的目光在这些走投无路的人身上游移。"他们在干吗？"她问道。

"讨价还价，"博士答道，"这是悲伤的下一个阶段，逝者大餐的下一道菜。"他看了看自己的手表，"还有三个小时，地球上所有人都会遭到感染。"他爬上台阶，对那群人说道，"我会帮助所有人。"他保证道，"但我需要大家后退一步，这样我们才能继续完成手头的事。"

逝者的受害者带着他们的寄生体缓步退开，在停车场边缘重新聚集起来，密切注视着博士和他的朋友们的一举一动。

"我们能做什么？"摇摆摆问，"我们只有一百人，没法在三个小时内治愈整个世界。"

"我能帮你们传播你们的欢声笑语，"博士说，"但是，我首先有个任务交给大家。小丑们，拿好你们的服装和道具，准备开工。"他转身面向玫和沃伦，"你们两个——有没有注意到逝者的受害者的奇怪之处？"

"除了都在求我们帮忙外，没什么别的。"沃伦说。

"我注意到了，"玫说，"那些都是成年人，几乎看不到任何孩子。"

"完全正确!"博士大笑道,"孩子们——大体上讲——不曾经历过成人那么深沉的悲伤。他们没有失去过重要的人,即便失去过,也有人护着他们,使他们免遭那些糟糕透顶的情绪的困扰。令人难过的是,也有一些例外——但我们此刻得忽略掉。"

"为什么?"沃伦问,"你希望我们怎么做?"

"去找些孩子来,越多越好,"博士说,"萨米——我们去报社路上交给伊蒂丝·托马斯照顾的小男孩;警局牢房里的佩吉,能找多少年纪小的就找多少。他们会受到惊吓,但如果能说服他们加入,我们的人数会大大增加。等道具都卸完,就开小丑车去。装满孩子再回来!"

"我呢?"克拉拉问。

"我们回塔迪斯,"博士说,"但去之前我还有件小事要做……"他跳上最后几级台阶,进入医院的接待区。克拉拉紧跟在他身后。

"又是你!"先前阻拦过他的那个守卫大叫道,"这次别想耍花招。"

"做梦也没这么想,"博士说着,突然翻出通灵纸片,"尤其是我们已经得到了林登·约翰逊总统的应允,准许我们入内。"

士兵拿过通灵纸片,一脸怀疑地盯着它。"可进入所有区域。"他大声读了出来。

"以及使用所有器械，"博士说着拿回了纸片，"包括你的无线电。"他伸出手，"可以吗？"

士兵拿起无线电上的听筒，递给博士。后者按下通话键，对着它说道："测试，测试，一、二、三……基廷上尉，你能听到吗？完毕。"

一秒钟后，基廷的声音带着刺耳的回声从话筒中传出："博士？是你吗？"

"当然是啦！"博士答道，"将军怎么样啦？"

"睡得像个孩子，"基廷上尉说，"你去那一趟有收获吗？"

"当然！"博士兴奋地答道，"我觉得我有办法让逝者松开魔爪，但我需要你做几件事。"

"尽管吩咐。"

"我就等着你这么说呢。"博士对克拉拉眨了眨眼，"我需要你所有的车辆——附带司机和扩音系统，还有你能找到的所有枕套。"

片刻沉默后，他说："听您吩咐，博士。还有别的吗？"

"还有另外一件事……"

博士转过去，一口气说完了另一个要求，克拉拉冲着一脸迷茫的守卫笑了笑，"别担心，"她好心地说道，"他对大多数人都有这种影响。"

博士转身把听筒扔回给守卫，然后把胳膊伸给了克拉拉，"有请，奥斯瓦德小姐……"

克拉拉挽住博士的手臂，"带路！"

进入塔迪斯后，博士跑下操作台的台阶，在橱柜里一阵乱找。克拉拉关上门，靠在上面叹了口气。

"怎么了？"博士问着，继续翻找，没有移开视线。

"我们做不到的，是吧？"克拉拉回答道，"摇摆摆说得对，要一百个小丑和一些孩子来对抗几百万逝者，我们寡不敌众。"

博士从橱柜边走出来，面向克拉拉，说："逝者专注于负面情绪，我们必须与之不同。现在，我们需要心存希望。"他又转头面向橱柜，"而且，我也许有办法给小丑们一些优势。"

他拿出一个木箱，在里面那堆电子设备中翻找起来。破旧的水壶、损坏的电视机、电脑主板和其他一些东西。博士时不时会拿过一样看一看，然后放到旁边的地上，又继续找别的。

"但愿如此吧。"克拉拉说，"我能帮上什么忙吗？"

"电线，"博士拿着一盏破台灯，指着走廊对克拉拉说，"那边，第四个口左转，右手边第二个房间——你会找到一间工作室，墙上有挂钩，上面挂着许多电线。给我带过来。"

克拉拉匆匆沿着走廊离开了。它看起来跟她进入塔迪斯以来探索过的其他走廊一模一样，她很好奇博士到底是怎么记住这么多走廊的——尤其是有时博士自己都会走丢。就在上周，他保证带她去看水族馆，但他们却接连走进了厨房、图书馆和两个独立的、似乎存着好多盒多色围巾的房间，于是他们不得不就此作罢。

"第四个口左转……"她转进了一条毫无变化的走廊，到了右手边第二个房间。克拉拉打开门，让一股热蒸汽冲脸喷个正着。她躲回走廊上，等蒸汽散开，再往房间里看去。里面铺满木板，前面摆着木条长椅。

"桑拿房。"她自言自语着，在脑子里记了一笔，打算找个安分的日子再来。她关上门，又试了下隔壁。万一走对了呢？"啊哈！"

这间就是工作室了。各种不同形状、尺寸和材质的工具散落一地，要么就塞在散布地面各处的工具箱中。在后墙那儿，挂着一卷卷电线。

克拉拉把电线从墙上拿下来，挨个儿盘在自己手臂上方便携带。拿完后，她两只手臂都挂满了电线，脖子上也松散地绕着几圈。她蹒跚着回到控制室，重压之下举步维艰。

"终于！"博士大喊着跳了起来。

克拉拉正准备把那些电线扔在控制台上，但博士举起一只手，制止了她。

"不——别动。我看到我要的那一根了……"博士将手伸向挂在克拉拉右肩上的一卷细铜线，剪下了六英寸。

"完美！"博士说，"你可以拿回去了。"

克拉拉把剩下的电线扔在地上。"好啊，"她说，"你想得美。"她绕过控制台,仔细看着博士刚刚用那些老旧电子元件拼凑出来的玩意儿。"就是它吗?"她问道。

博士把那截电线安装就位,然后举起了自己的作品,进行检查。它看起来像个漏斗,一端有个大开口,另一端呈管状,上面开了个小洞。"不错,是吧?"

"它是干吗的?"克拉拉问。

"这个嘛,它能放大情感,"博士说,"快乐从这头进去……"他指了指小洞,"从那头出来时,就放大了很多很多。"

"小丑就能用它同时救治更多人!"克拉拉惊叹道。

"正是,"博士说,"我只需找几颗螺丝把这段管子固定住。可不能让它掉下来啊。"他疾步绕着中央控制台打转,审视着每一样设备。"这些尺寸正好,"博士将脸凑到键盘边说道,"你能跑回工作室帮我拿个起子吗?"

克拉拉双手一叉,说:"起子?你开玩笑吗?"

"没开玩笑,"博士说,"我需要把这儿的螺丝起出来——噢!"博士缓缓将手伸进夹克衫,掏出了音速起子,"你知道吗?我好像从来没有拿它起过东西……"

发射几波音速能量之后,博士终于把键盘从控制台上取了下来。"天啊!"博士看了一眼下面的东西,兴奋地嚷了起来,他正准备把那根管子固定到自己做的设备上,"我还纳闷儿它去哪儿了呢。"

192

"这是什么？"克拉拉边问边绕过博士的手臂看去。控制台上原本放着键盘的地方下面，露出了一个小型方盒子，它顶上有两个开关，上面似乎有用毡头笔写下的"快速返回"几个字。

"快速返回开关[1]。"博士边说，边用音速起子迅速把螺丝固定在管子上，"把它想象成塔迪斯的快速倒带开关吧，一处控制时间，一处控制空间。按下开关，我们就会回到之前的所在点，就像被弹力绳拽了回去。"

"但它为什么藏在键盘下面？"

"肯定是上次重新设计内部装修时给遮起来了。我已经很长时间没用过它了。"博士说，"上次用的时候它卡住了，想把我一股脑儿拽回宇宙创生的时刻。"

"看得出那确实是个问题。"

最后一颗螺丝就位后，博士抓过设备末端的管子，检查了一番它是否稳固。"准备好了吗？"他问道。

克拉拉咧嘴一笑，"准备好了！"

这场游行是沃伦见过的最稀奇古怪的事情之一。几十辆军用吉普和装甲车排列在医院外面的街道上，具有深绿保护色的车辆外壳匆匆覆上了彩色的窗帘和被单。每辆卡车后部都站着一两个

---

1. 最早出现于第一任博士的剧集，后来多次出现于《神秘博士》广播剧和小说中。

小丑，且已经做好了表演的准备。

军事车辆前方，小丑乐队正拿着乐器暖场。翻筋斗在这些人中间，手里的无线电设备直接连接一辆坦克顶部的两个大喇叭。乐队演奏时，音乐通过扬声器传向了四面八方。

乐队前方，几十个孩子不安地等待着，胳膊下都夹着一捆捆棉枕套。小丑给孩子们上了点妆，为他们画上了红鼻子和笑脸。虽然孩子们有点紧张，但看到彼此的样子还是忍不住咯咯直笑。玫和欧玛在他们中间，尽力鼓舞着大家。

游行队伍的最前端，是摇摆摆和博士。摇摆摆挥舞着鼓乐队队长的指挥棒，克拉拉帮博士套上了一个皮套，这样他就能把那个设备背在胸前左右旋转。

"它叫什么？"摇摆摆饶有兴致地盯着博士的发明，问。

"我还没想好。"博士说。

"给它起个名字呗。"克拉拉说。

"这个嘛，它能放大情感，所以就叫情感放大器……不，转念一想，还是算了。这名字真垃圾。"

"'乐趣枪'怎么样？"克拉拉边问边给博士扣上了第二根皮带的搭扣。

"不！"博士大声说，"任何带'枪'的名字我都不要！"

"好吧，"克拉拉说，"逗乐神器！"

博士瞪着她道："你疯了吗？"

"你可以管它叫欢乐抛射机。"摇摆摆建议道。

"没错,不过它不是抛射欢乐,而是从大的这一头喷射出去。"博士说。他举起一根手指,示意克拉拉闭嘴,"奥斯瓦德小姐,无论你准备说什么,别说了!"

克拉拉耸耸肩,"无论你管它叫什么,它一次还是只能对一群人起作用,是吧?"

博士咧嘴一笑,眼睛闪闪发光。"这就是最让人拍案叫绝的地方了,"他说,"这一招能让你管我叫天才!因为昨天的悲剧,世界各地的电视媒体在达拉斯会聚一堂。我让基廷上尉派人告诉了他们来龙去脉,现在他们都来了……"

克拉拉听到了引擎声,抬头便看见几十辆面包车和卡车迎面驶来,每辆车上都印着自家新闻团队或电视台的标识。许多车开过来时,顶上的天线都一晃一晃的。

"但,他们没有被逝者感染吗?"克拉拉问。

博士本不想露出自鸣得意的样子,但掩饰得不够彻底。"电视新闻记者,"他说,"摄像师、音效师、技术人员和监制——这些人见多了新闻中不太美好的一面,变得比较坚韧,就像玫那样。"

"所以他们能够抵抗住逝者!"克拉拉大声说着,鼓起了掌,"好吧,就依你这一次——你是个天才!"

博士举起一根手指。"我还没说完……"他微笑着说,"他们会把浓缩的喜悦播报出去,由……"他举起自己的设备,"……无论你管它叫什么的这东西传出,再传遍这颗星球的每个角落,在全世界范围内破坏逝者的链接。"

"也包括我们那儿?"克拉拉问。

"嗯,那辆看着就像英国广播公司的面包车。"博士说着踮起脚尖,从聚集声势逐步壮大的记者群头顶上望去,"所以,现在大概是英国时间1963年11月23日[1]周六下午茶时间——而好戏即将上演!"

博士转过身,检阅了一番等候中的队伍。"好了,大家听好!"他放声喊道,"司机们,跟我走;孩子们,准备好枕套;小丑们,跟你们在塞姆提斯上一样——再来一次,带上感情!"博士转身面向摇摆摆,笑了,"就它了!我要管这东西叫'再度生情'。"

"让我们放手一试吧!"小丑笑着说。他吹响哨子,和博士一起大步前行。在他们身后,乐队开始演奏,孩子们踩着节拍蹦跳,军车慢慢前行。每辆卡车后部都有小丑在表演,他们翻筋斗、跳舞、玩杂耍,还把长条气球扭出狗、鸟或其他形象。

沃伦在医院台阶上看着他们开始。尽管世界正处于危难之中,但在如此壮观的场景之下,他还是忍不住笑了。这么多快乐的人欢聚一处,他还真没见过几次。队伍慢慢迂回前行,离开停车场,

---

1. 当日老版《神秘博士》第1季第1集《非凡女孩》首播。

走向等在前方人行道上的逝者的受害者们。

博士走近第一批人——他们仍跟蓝裙女子牵着手。他把"再度生情"对准他们，按下设备侧面的按钮。一阵呼呼声过后，浓缩的喜悦从漏斗中喷涌而出，拂过受害者的头发。那医院护工也在里面，他发出了轻笑声。

"趁现在！"博士回头喊了一声。玫从其中一个孩子那里抓过一只枕套——那个男孩叫阿伦——然后跑向了护工。说时迟那时快，她用枕套一把套住了握着他的手的逝者的脑袋，将她的脸遮了起来。下一波快乐向护工迎面扑来时，他又笑了。随即，一声刺耳的尖叫响起，他旁边的逝者消失在了一片蓝色的火花中。护工蹒跚着向后摔去，等在一旁的基廷上尉的士兵接住了他。

"见效啦！"摇摆摆嚷道，将指挥棒扔向空中，挥手示意小丑们创造出更多的欢乐来。

博士见士兵们帮忙把护工送回医院，笑了笑。"逝者的面纱是半透明的，"他阐释道，"感染者能透过面纱看到自己所爱之人的眼睛——但当你用枕套把它们遮住后，就看不到了。这样就打破了精神链接，就像我们用绷带绑住玫的伤口时那样。如果走运，全世界没被感染的人都将模仿我们的做法。"

渐渐地，逝者的受害者逐个微笑起来，咯咯轻笑，大笑出声。每看到一个人笑，克拉拉、玫或者欧玛就拿过一只枕套，套住逝者的脑袋，遮住她们的面容。一阵接一阵的尖叫传来，一个接一个的外星人化作了蓝色的尘埃。

人群聚集在道路两侧,呼唤着博士,让他把"再度生情"朝向自己这边,帮助他们摆脱牵着自己的生物。玫站在人群后方,不禁把这场游行和自己头天看到的那场联系了起来,两者具有相似之处,而后者正是一切的起点。

博士把"再度生情"对准自己左侧,让这一侧的人沐浴在浓缩的愉悦里,其中也包括梅丽·埃莉森医生。那股愉悦扑面而来时,她悄然笑了起来。欧玛用枕套遮住了她父亲的面庞,埃莉森医生踉跄着倒进等在一旁的士兵怀里。"谢谢!"她在博士继续前行时对他说道。

"我们最好快一点,"博士对摇摆摆说,"还有很多地方要去,时间不多了,之后——"博士突然停了下来,摇摆摆撞到了他身上。

"怎么了?"小丑问道。

"你看那些人。"博士说着,脱下身上的皮套,冲到了人行道上。

摇摆摆吹响口哨,叫停了游行队伍。博士开始仔细观察周围的人。所有逝者的受害者都不再呼喊,而是垂下头看向地面。乐队停止演奏,整片区域顿时充斥着诡异的寂静。

"他们怎么了?"克拉拉问着,迅速走到了博士身边。

"他们进入了悲伤的下一个阶段。"博士说着,用音速起子扫了扫一位身穿漂亮西装的女子。"逝者提高了自己的进食速度，迫使受害者进入抑郁状态。在这之后，他们就会接受自己的劫难，然后一切就覆水难收了。"

"但所有人都在同一时刻进入了这种状态，"克拉拉说着，走下人行道，沿街看去，"这怎么可能？"

"我不知道。"博士说着，用起子扫了扫另一名受害者，然后又扫了一位，"是蜂巢思维吗？我们知道它们具有相当可观的精神力，所以可能……"说着，博士检查起音速起子上的读数来。

"噢，不。"他小声说道。

"怎么了？"克拉拉问。

"我太蠢了。"博士说着，手掌一拍额头，"我怎么会没想到？"

"没想到什么？"克拉拉问道，"怎么了？"

博士转身面向克拉拉，双眼因忧惧而瞪得滚圆，"逝者不是一个外星种族，而是单个生物。"

14

博士背对着大家,从埃莉森医生办公室的窗户向外望去。外面,翻筋斗正带着其他小丑收拾装备。

"我还是不太清楚你什么意思,"玫说,"逝者怎么会是单个生物?它们有成千上万个,几百万个。"

"那些是逝者的触角,"博士答道,"它的真身就是我们往返塞姆提斯的那个通道。它是个活的虫洞,两头都有百万数量级的触角。"

克拉拉的眼睛瞪得滚圆,"那就意味着我们从它的肠胃里开了过去。还过了两次!而我们看到的那些嵌在隧道墙上的尸体——它还在消化他们。"

"恐怕情况比这还糟。"博士说,"逝者在这个世界的形象很接近人——甚至连扫描读数显示的都是人类。"

"你指的是戴蓝面纱的女人?"克拉拉问。

博士点点头,"逝者将它们已经吞噬的人当作了触角末端的傀儡。"

"精神触角？"玫问道。

"似乎也可以是真正的触角。"博士说，"如果我没想错的话，逝者会挟持每根触角最后攻击的那个人，然后利用他们的尸体向下一个世界推进。"

"但我们认识自己看到的那些人啊。"克拉拉指出。

博士重重地叹了口气，"逝者肯定用什么办法篡改了基础DNA，让那些脸与我们记忆中的形象相匹配。但这改变不了它利用真人遗体闯开这个世界大门的事实。"

"我觉得我要吐了。"玫呻吟道。

"但这就意味着逝者体型非常庞大？"沃伦说，"能从一个星系伸展到另一个星系。"

"我们开车走完了它的全长，"博士说，"它跟一个标准的虫洞差不多，有能力扭曲时间和空间，让自己到达更远的地方。"

"所以它从塞姆提斯伸展到了地球，然后开始用另一头进食？"摇摆摆问。

"就是这样。"博士说，"等榨干了地球，它就会放开塞姆提斯，以地球为起点再去找其他地方。我猜它需要一头连接一颗星球，把自己在时空中固定好，才能进食。"

"但这也确实给了我们优势，"克拉拉说，"比起对抗几百万各自为政的外星人来说，我们现在只需对付一个了。"

"一个长达几英里、能扭曲宇宙来达成自己的目的的外星人。"沃伦指出。

博士拿起"再度生情",重新穿上皮套。"克拉拉说得对,"他说,"对付一个外星人比对抗一百万个容易——但现在,这场抗争将由我来坚持到底。"

博士站在医院门口的台阶顶层,"再度生情"挂在他的胸前。停车场对面站着数千人,他们的逝者同伴如影随形。人群朝着街道两端延展开去,所有人都低着头,沉默不语。

"你知道怎么做吗?"博士问道。他掏出音速起子,略微调整了一番自己身前的机器。

"知道。"克拉拉说。她伸手抓住博士的手臂,"我只是担心你。"

博士脸上闪过一抹微笑。"不用担心我。这就像在玛切努斯星[1]上滑蘑菇一样容易。"博士眨眨眼,"另一边见啦……"

克拉拉匆匆离开时,博士深吸一口气,让"再度生情"深深探入自己的记忆。

唰啦!

他还在地球上,但现在是二十二世纪。他搂过自己的孙女苏珊,给了她一个拥抱,"我,呃……我,呃嗯……我觉得我必须

---

1. 首次出现于老版《神秘博士》第2季第8集《追逐》中。

检查一下飞船。"说着,他慢吞吞地走向了塔迪斯。

"要花很久吗?"苏珊问道,但博士没有回答。他看着孙女苏珊走向自由卫士大卫·坎贝尔,他俩在与戴立克作战时认识了彼此。博士看了一眼,匆匆走进塔迪斯。他等到伊恩和芭芭拉回来,终于下定决心,关上了塔迪斯的门。

"祖父!"苏珊惊叫着跑向塔迪斯。

"苏珊,请你听我说。这些年里我照顾着你,你也同样关心着我。"

"祖父,我应该在你的身边!"苏珊喊道。

"以后就不是了,苏珊。"博士回答道。

唰啦!

苏珊!博士感到自己眼中已然盈出了泪水。他是多么地想念她啊。博士抬起头,见好几个蓝纱女子已经放开了人类受害者,正穿过医院停车场朝他走来。显然,他的悲伤放大之后,已经让他成了更令对方食指大动的诱人美餐。克拉拉、玫和沃伦正在协助被放开的人们步履蹒跚地离开。

唰啦!

"你已经无路可逃了,博士。跟你的朋友们说再见吧。"

"我们肯定能做点什么吧!"佐伊大叫道。

"不,"博士叹了一口气,"这次不行。"他心情沉重地转向穿着苏格兰裙的杰米·麦克里蒙,说:"就这样吧,再见了,杰米。"

"但是博士,肯定……"

博士摇了摇头。他什么都做不了。时间领主们已经做出了决定。"再见,杰米。"

杰米抓住博士的手——他朋友的手——握了握,"我不会忘记你的,你知道的。"

"我不会忘记你,"博士说,"所以不要傻了吧唧地惹上太多麻烦,懂吗?"

尽管难过,杰米还是笑了笑,"你还说我!"

博士缓缓转向他的另一位旅伴,"再见,佐伊。"

唰啦!

几十个蓝纱女子站在医院门前的台阶下,抬头盯着博士。

唰啦!

香槟酒塞因为两个截然不同的原因弹到了空中,一是乔·格兰特与克利福德·琼斯订了婚,二是霍威尔环保社团[1]升级成了头号科研综合体。

"你去找你在联合国的叔叔帮忙了,是吧?"博士说。

乔羞红了脸,说:"这不过是我第二次找他帮忙。"

"没错,但看看第一次发生了什么吧。"[2]

---

1. 克利福德·琼斯教授领导的环保社团,成员主要是科学家。
2. 指乔的叔叔杰克·坎宁安排乔进入联合国情报特派组工作,从而遇见了博士。

"你不会介意的,对吧?"乔问道。

"介意?"博士微笑着说道,"他甚至有办法让你成为科学家呢。"

莱思布里奇-斯图尔特准将起身祝酒,博士喝完杯子里的香槟,最后一次走出霍威尔的大门。他坐进贝西[1],最后望了一眼那栋建筑,随后发动引擎,披着夜色离去了。

唰啦!

此刻,博士身边已经围满了逝者,更多蓝纱女子向这座医院蜂拥而来,在傍晚的微风中,她们脸上的面纱翩然舞动。

博士缓缓退入自己身后的走廊。

唰啦!

他在次级控制室里,莎拉·简·史密斯走了进来,手里拿着一个包和一盆植物。她用脚踢上门,"啊哈!"

博士抹了抹自己的额头,无法直视她,"我接到了迦里弗莱的来电。"

"所以呢……"

"所以,我不能带上你。你必须得走。"

唰啦!

走廊上已经满是蓝纱女子。博士一步步退入医院深处,她们

---

[1] 第三任博士的车,是一辆淡黄色的敞篷车。首次出现于老版《神秘博士》第7季第2集《神秘博士与志留纪人》中,后多次出现。

则步步紧逼。博士跨过沉重的大铁链，继续后退。

唰啦！

博士冲回控制台边上，转过调节器，拉动操作杆。"快点，博士！"妮萨恳求道，"我们得把阿德里克从飞船上救下来。"

"控制台坏了！"博士大喊道。

泰根盯着显示器，眼中充满了恐惧，"看！"

"阿德里克！"妮萨尖叫道。

然而，他们全都束手无策，只能眼睁睁看着飞船撞向史前地球。

唰啦！

达拉斯街道上的逝者都不见了，放眼别处它们也已踪迹全无。所有精神触角都伸向帕克兰纪念医院，探进博士的脑海中。

唰啦！

博士惊恐地瞪着屏幕，所有关于那场不公审判的思绪已全然抛诸脑后。他看着勇士王尤卡诺斯冲进病房，面向剃光了头发的佩里——不过，那再也不是真正的佩里了。她的意识已经被蒙托人基夫爵士调了包。

尤卡诺斯发出愤怒的咆哮，随即触发了能让他们同归于尽的武器。

唰啦！

"我觉得是时候了，我该走了。" 梅尔说。

博士的目光从控制台上移开,"哦……"

"是我离开的时候了……"

唰啦!

迎接新千年的烟花在他们头顶绽放。

"跟我走吧。"博士说。

格雷丝摇了摇头,"我会想你的。"

"你怎么会错过我呢?[1]"博士喊道,"找我很容易的。我可是拥有两颗心脏的人,记得吗?"

"我不是这个意思……"

唰啦!

杰克·哈克尼斯上校吻别了罗丝。"真希望我从没遇到过你,博士。"他有些害怕即将发生的事,声音里带着一丝颤抖,"以前当懦夫的日子要好过多了。"

三人最后彼此相视了一眼。

"地狱见啦!"杰克说着,离开了。

唰啦!

阿丝特丽德最后一次转头看了一眼博士。

"别!"他乞求道。但她知道,此事别无他法。

阿丝特丽德开着叉车,叉起马克思·卡普里科恩的维生系统,

---

1. 原文为"miss",在英文里有"想念"和"错过"两个意思,博士会错了意。

朝引擎上方围有护栏的吊架驶去。

"阿丝特丽德！"博士眼睁睁看着叉车消失在边缘，大声呼唤道。他从服务机器人手里挣脱出来，飞跑过去，只见阿丝特丽德正回头望向自己，随即坠入下方的烈焰之中。

唰啦！

"博士！"

听到艾米的哭腔，博士冲出塔迪斯，瑞雯·宋紧随其后。

罗瑞消失了，他被一只孤独、濒死的哭泣天使送回了过去——而现在，艾米正一步步地走向那个生物。

"艾米，你在做什么？"博士不安地问。

"那个墓碑——罗瑞的墓碑——上面还有位置能再加一个名字，是吧？"

博士难以相信自己听到的一切。"你在说什么？"他请求道，"快回塔迪斯，我们会想出办法来的。"

他抓住艾米的手，但艾米挣开了。

"那只天使，会把我送回同一个时间点吗？送到他身边？"

"我不知道，"博士承认道，"没人知道！"

"但我也没有更好的机会了，是吧？"

"不要！"

"博士，闭嘴！"瑞雯大声说，"没错，这就是最好的机会了！"

"那好,"艾米说,"我只要眨一眨眼,对吧?"

"不要!"博士乞求道。

"没事的,"艾米试着安慰他,"我知道会没事的。我会……我会跟他在一起,命中注定。我和罗瑞,在一起。"

她握紧瑞雯的手,让她保证会照顾好博士,并竭力忽视着博士最后的反对。

"邋遢先生。"艾米说着,转头看着她最好的朋友,最后一次望着他的双眼,"再见。"

唰啦!

博士背靠塔迪斯打开的入口,泪如泉涌。他能感觉到逝者的精神触角深入他的意识,就着他的悲伤大快朵颐。那些食物数不胜数。

是时候经受最后一击了。是时候重温那份新近的回忆了。是时候去探访他记忆中的一处终极之地了——那是这几个月来他一直在努力回避的地方。

博士闭上了双眼。

唰啦!

博士站在另一片墓园门前,夏日轻柔的微风吹拂着他浓密的头发,拉扯着他领结的边角。几百米外,一大群人聚在一起,其中既有平民,也有联合国情报特派组成员。

一位身穿制服的男士上前一步,将一面折起的旗帜放在锃亮的橡木棺材上。他跟其他许多人一样，自博士上次见他之后，现在已老了许多。

约翰·本顿向棺材敬了个礼，然后转身面对站在坟墓边的特派组成员。"鸣枪！"他下令道，"速发，五轮。"

砰！ 一轮齐发惊得一群鸟儿振翅飞起。一位男士穿着皱巴巴的衣服，靠在自己有着问号状伞柄的雨伞上，目送它们消失在远方。

砰！ 利兹·肖把脸埋在一位男士的肩膀上，他身穿天鹅绒夹克衫，披着披肩。

砰！ 麦克·耶茨和旁人交换了一个悲伤的眼神，对方身材矮小、头发蓬乱，穿着一件大得不合身的毛皮外套。

砰！ 身穿五颜六色外套的男士，伸出一只手搂住了乔·格兰特。

砰！ 一位短发男子低下头，双手插进了皮夹克的口袋里。

棺材缓缓降到了它最终的安放之处。

唰啦！

几年之后，树叶打着旋儿从墓园上空的枝丫间飘落。哀悼者和他们那花团锦簇的祭礼早已成为往昔。取而代之地出现在大理石墓碑两侧的是几束花，它们在更为耐久的釉面盆罐里立得笔直。

大雨瓢泼，地面又滑又软。最终，博士从树冠下走了出来。

他缓缓走向坟墓，雨滴从发梢滴落，流下他的脸颊。站定以后,他看向大理石上刻着的名字:阿利斯泰尔·戈登·莱思布里奇-斯图尔特准将。

默然无声地,他敬了个礼。

唰啦!

博士踉跄着走进塔迪斯的门。

玫冲过去跪在他身边。"准备好了吗?"她边问边解下了绑着"再度生情"的皮套。门外走廊上满是蓝纱女子,个个都伸长了自己的手臂。

博士双手紧捂脑袋两侧,手指揪扯着头发,仿佛他正竭力想将几百万张蚕食着他意识的嘴巴赶走。他的眼神跟玫对上后,努力点了点头。

"这里是塔迪斯!"沃伦对着无线电设备说道,"博士进来了。你们现在可以过去了!"

停车场那边,摇摆摆确定长链末端的夹子已牢牢钳住小丑车的后保险杠后,坐进副驾,向翻筋斗发出了示意信号。"明白,塔迪斯。"他对着自己的无线电答复道,"第二阶段现在开始。"

翻筋斗踩下油门,开着小丑车一头扎进了医院墙面。随着车辆驶入逝者"腹地",活虫洞的入口闪起了微光。进入虫洞后,小丑们从车上跳下,解开链条,用力将钩子扎入隧道的石壁,敲敲打打,使之稳稳嵌在石头里面。

"第二阶段完成!"摇摆摆对着无线电喊道。

塔迪斯里,沃伦收到消息,转过身,对着克拉拉竖起了大拇指。等在控制台边的克拉拉一笑,随即用手掌拍下了快速返回开关。

15

引擎轰鸣，塔迪斯跃入空中，在时间漩涡里反向行进。粗大链条上的每一节都抗议般嘎吱作响，它另一端拴着的那东西的全部重量都转移到了它身上。

"我不明白，"玫说，"我以为这艘飞船无法起飞呢，毕竟虫洞的一端包裹了整个世界。"

博士跌坐在楼梯旁边的座椅上。"我们没有起飞，"他说，"我们正在返回塔迪斯上一站的时空——维诺法克斯星球。"他用双手捂住脑袋，"最好能快点到达那里，因为我每一秒都在遗失记忆。再这样下去，我可能会忘记如何穿搭酷炫了。"

克拉拉张嘴准备说些什么，但想了想还是觉得最好算了。

突然，塔迪斯震动起来，发出可怕的刺耳尖鸣，所有人都一阵胆战。博士站稳脚跟，走到控制台边，紧紧握住了监视器。"我们成功了，"他说，"我们已经让逝者脱离地球了。不，等等。脱离这个词用得不好——听起来有点太……脱离了。撕开呢？不。拔下！我们把逝者像吸盘一样从地球上拔下来了！"

沃伦站在敞开的门边,远远看着下方的星球渐渐离去。"不管你怎么形容,下面那些人怎么办,博士?"他问,"他们安全吗?"

博士点点头。"逝者放开了所有人,都跑来吃我了。"他说,"不过有一些触角刚从我的意识中脱离。"他用手撸了一把自己的头发,仿佛这么撸上一把就能让头发定型,"我知道它们去了哪里……"

虫洞里,三十个小丑牢牢抓住链条的另一端,压着它,保证挂钩不会从岩石上脱开。在他们面前,闪着微光的入口开始瓦解,渐渐显现出外面沉黑的宇宙来。

随后,触角悄悄游走进来。

这些可不是博士口中看不见的"精神触角",而是实打实的卷须,有血有肉,颜色发紫,还长满了渗出黏液的吸盘。

"好啦!"摇摆摆说,"还是到这一步了。博士提醒过我们这有可能会发生……"

触角发动攻击,猛地抽向小丑们,企图把他们缠裹起来。小丑们随即发起反击,从道具箱中拔出锃亮的剑——这些剑可不怎么上战场,通常都是用来戳装着迷人助手的木头箱子——但它们还是起到了作用。

欧玛砍断了一根冲她袭来的触角。断肢落到她脚边,在地面扭动不休，溢出了一种黏稠的粉色液体。欧玛闭上双眼，抬起脚用力一跺。

翻筋斗抓起一把锯子，那是他用来假装劈人的。他挥起锯子，齿缘直冲紫色触角而去，深深砍进了肉里。隧道里顿时回响起可怕的尖叫声。随后，另一只触角像鞭子一样朝翻筋斗的脑袋抽了过来，迅速缠住了他的脖颈。在大家来得及赶来救援之前，这位小丑就被拖离地面，在空中甩了一圈，从隧道末端给狠狠摔了出去，消失在黑暗的太空中。

摇摆摆一声怒吼，叫另一位小丑给自己扔来一根火棍、一瓶燃料。他含了一大口燃料，对准火苗喷去，一大团火焰顿时裹住了那根罪无可赦的触角，几秒内就把它烤得发了脆。

不一会儿，紫色触角就撤退了，在隧道口的空中摇摆着。小丑们借机重整旗鼓。

摇摆摆的脖子左右一拧。"你们会一败涂地，"他对着扭动的触角咆哮道，"被小丑镇打得一败涂地！"

"那儿！"博士说着，用指尖按压着抽痛的前额，另一只手指向显示器，"那就是维诺法克斯！"

"我们到那里以后要怎么做？"沃伦问道。

"再把那只袜子给我一下。"博士说。

"我把它扔进垃圾桶了。"沃伦提醒道。

"那就把你另外一只袜子给我。"

没过多久，沃伦的第二只袜子也被剪开了。博士接过克拉拉递过来的油桃，把它滑到袜筒的一端，就像之前那样。不过这一次，他将袜筒的另一端环了过来，也连接到了油桃上。

"这就像是个时间环，或者空间环，"博士说，"不过是个虫洞环。"

"你的意思是，你要把逝者永远困在那里？"玫问道。

"我答应过，要帮它另找一颗星球，"博士说，"我可没说还允许它离开。"

砰！

"修道院的钟声！"博士宣布道，"我们回到上一个时空了……"

塔迪斯剧烈震动、左右摇摆，迫使所有人抓紧控制台，以免跌坐在地。

"……我觉得逝者刚才应该明白我们的计划了。"

"怎么会？"克拉拉问。

"嗯，"博士微笑着说，"几百万条精神触角在我脑中游走，我觉得它找到了那个名为'狡诈之计'的文件夹。"

这一次，塔迪斯摇晃得实在太厉害，沃伦和玫都失去了平衡。

"天哪！"博士惊奇地说道，"快看那里！"

他跑向门口。门外，一条长达三英里的虫子正疯狂地扭动着身体，像一条上了渔夫鱼钩的鳗鱼，正拼命地想要挣脱。下方的星球覆盖着一片翠绿海洋，泡沫四起。

克拉拉走到博士身边，欣赏着这壮观的景象。"它看起来不开心。"克拉拉评价道。

"如果是我，估计也不会开心，"博士说，"要是我的余生也只能以滑溜的牛油果冰沙为食的话。但，值得记住的是，牛油果对提高血清素水平很有帮助，是天然的抗抑郁药。"

克拉拉的脸上盈满了笑容，"这有生命的、以负面情绪为食的狂怒虫洞，你要给它喂食液体抗抑郁药？"

博士眨了眨眼，道："我很棒的，是吧？"

塔迪斯又颠簸了一下，克拉拉不得已扶住了门框。"暂时还说不上，除非我们能找到把那东西弄下去吞食那颗星球的办法。"克拉拉大声说道，"我觉得它不会心甘情愿地自己下去。"

"这一点我也想到了。"博士笑逐颜开。他挥过音速起子，对准控制台上的麦克风开关，启动了它。"你好，佩妮，又见面了！"他大声说道。

"博士！"佩内洛普·霍尔罗伊德教授应道，"一切安好？"

"安好，"博士说，"啊，并不。啊，算是吧。有点难解释，真的。听着——我知道，在你看来我们不过才分别了几分钟。但你第二台引擎启动成功没？"

"刚启动，"霍尔罗伊德教授说，"我们又动力全开啦。"

"太好了,"博士说,"如果是这样,你能不能掉头回来,帮我们处理一件事……"

过了一小会儿,"SS.霍华德·卡特号"进入他们的视野,无线电通信又响了起来:"我去,那是个啥?"

"它叫逝者,"博士快跑到控制台边,抓起无线电设备说道,"而且它是一条非常调皮的……呃,虫子。现在,你能不能用飞船前方的钳子抓住它游离的那头,把它拖向下面那颗星球?"

"我觉得我们做得到。"佩妮说。

"太棒了!"博士喜笑颜开,"你稍等一下,我要跟另一队人联系。博士下线。"他一手掌着麦克风,嬉笑道,"我有两支队伍呢!"

克拉拉摆了摆手指,道:"别太得意。"

博士摆出了严肃的面孔,又一次举起无线电。"请接听,摇摆摆,"他大声说道,"你们在下面怎么样?"

一阵嘶嘶声后,现场战斗声从塔迪斯的扩音器里传来。"我们仍在坚守,"摇摆摆回答道,"但不怎么容易,我们在与许多触角搏斗。"

"很快还会来更多,"博士警告道,"但你知道该怎么对付它们。"

"的确,我们知道!"

"小伙儿棒棒的!"博士大呼道,"博士下线。"他原地一转，跑到门边向外看去。他勉强能看到"SS. 霍华德·卡特号"远远的身影，它正在跟逝者的另一头缠斗。"佩妮！跟我说下情况……"

"我们已经锁定了，博士，"佩妮回答道，"但它企图甩开我们！"

"别担心。"博士说着，转身跑回塔迪斯控制台边，"我马上就来。"他把无线电扔给沃伦，调整了一堆调节器和开关。"好了，性感女神。"博士对着时间转子深情款款地说道，"绕着下面的星球迅速转上一圈如何？"

然后博士便拉下了飞行操作杆。

塔迪斯飞速下沉，打转绕过这颗矮行星的远端，逝者发出了痛苦的叫喊。但那声音很快平息下来，因为它的身体没入了泛着泡沫的绿色汪洋，击得水花飞溅。

"会有点费劲哦。"博士大声说道，塔迪斯扑向浪尖，链条随之绷紧，在逐渐接近逝者另一头的过程中，他们的飞行速度也减缓了。佩妮和她的团队正紧抓着那一头，将其控制在水面上方。

"嗯，逝者节个食也可以凑合。"玫的脸上露出了微笑。

博士再次拿过无线电，说道："好了，摇摆摆。剩下的触角要来了……"随后，他闭上双眼，将逝者的触角从自己的意识中赶了出去。

在逝者体内的小丑们,看到隧道两端越靠越近。

开口处突然出现了一堆骚动的触角。一见它们,摇摆摆和他的队友就放下武器,每人迅速抓过两根触角——从隧道两头各抓一根——将它们扭结到一起,这跟他们在疗程中扭气球别无二致。

"我不想要任何花里胡哨的东西,"摇摆摆命令道,"不要贵宾犬或者长颈鹿——只要耐用、结实的锁结!这东西可得牢牢拴上很久。"

小丑的白手套在空中挥出了残影,他们以最快的速度把触角扭结在一起,这些富有弹性的绵软东西抗议着发出吱吱声,倒还颇像真正的气球。

"还有人注意到这片海吗?"欧玛问道。她扔下手里的那对触角,又抓过另外一对。

摇摆摆向下看了看,发现泛着泡沫的绿色海水正冲刷着他脚上的超大号鞋。"别担心,"他说,"博士保证过,他会带我们离开这里。"

外面,拴着另外那头的铁链松开了,掉进水里,掀起一阵浪花。摇摆摆转过身,向小丑车另一侧的两位魁梧的小丑说:"跟我走。"

三人跃过虫洞两头间的缺口,合力把沉重的铁链从海里拉出来,把那一头深深敲进了逝者的身体内壁。"以防万一,也许有些结拴不住那些触角。"小丑解释道。

他们回到其他红鼻子同事身边时,隧道震动起来,一阵呼哧呼哧的刺耳声传来——还挺像胸腔生病的马戏团大象发出的声音。慢慢地,一个蓝盒子出现在他们的视野里。

门开了,在闪耀的背景光里,一道剪影现出身形,伸手整理了一下自己的领结。

"有人想要搭个车吗?"

塔迪斯在地下剧场的舞台边上显了形。

摇摆摆打开门走出去,在外面迎接的是他的朋友们。"他成功了!"摇摆摆对着飞船里面喊道,"我们回到塞姆提斯了!"

另一扇门也打开了,一辆小丑车从里面缓缓驶出,空间刚够它开出来。车停在了某个五彩斑斓的圆锥形帐篷旁边,一大串小丑排着队爬了出来。

博士、克拉拉、玫和沃伦也从塔迪斯里走了出来,站在摇摆摆旁边。

"翻筋斗的事儿,实在是太抱歉了。"博士说着,跟小丑握了握手。

摇摆摆嘴角带着笑,眼泪却从脸颊滑了下来,弄花了妆。"他是个勇敢的人,也是位出色的小丑。"他说。

音乐响起,所有人都抬起了头。又一个望者被带到台上,一场新的疗程开始了。

"翻筋斗坚持让我们帮助被逝者攻击的人。"摇摆摆说。

"他成功了，"博士说，"他帮助了这里的无数人，更帮助了地球上的数十亿人。你们永远也不该忘记他。"

摇摆摆笑着说："我们不会忘记的。"

玫和克拉拉跟小丑道了别。博士转身回到塔迪斯门前，"走吧，团伙成员。"他说着，因自己的用词暗自发笑，"团伙成员！"

"我想要留下来。"沃伦说。

博士扬起一条眉毛，道："真的吗？"

沃伦从口袋里掏出一枚硬币，刚要抛向空中，却又转而递给了博士。"我确定。"他说，"这里还有许多事情要完成，我觉得我能帮上忙。"

"由你决定。"博士说，"噢，我觉得你肯定能用上这个……"他走回塔迪斯，拿出了"再度生情"。

"谢谢你，博士。"沃伦说。他抬起头，欧玛走到他身边，握住了他的手。

"两人合作，操作效果更佳。"博士评论道。然后，博士最后一次环顾四周，带着玫和克拉拉返回塔迪斯，关上了门。

沃伦、摇摆摆和其他小丑听着引擎发出的尖锐鸣响，看着蓝盒子逐渐消失。

"我们得给你想个新名字，"摇摆摆说，"'沃伦·斯基特'是没什么问题，但别人听到这个名字时不会笑。"

沃伦耸了耸肩，"以前学校里的小子们都管我叫斯基特儿[1]……"

摇摆摆咧嘴一笑，道："完美！"

---

[1] 斯基特儿，原文"Skeeter"，在英文里有"蚊子"的意思。

16

哈利·B.韦斯特将军倒抽一口气坐起身来,此时他已脱去了制服,待在床上。可那不是他自己的床,是医院病房里的病床。

"护士!"他大喊道,"护士!"

床边椅子上一个身影动了动,从熟睡中醒来。那人是基廷上尉。

"基廷!"将军的语气很冲,"这是搞什么?"

"别起来,"基廷喊着,扶将军再次躺下,"医生说你需要尽量休息。"

将军皱起了眉头,"真的吗?"

"千真万确,"基廷上尉说,"特别是在你费尽千辛万苦才把那些脸从这个国家赶出去以后。"

"它们走了?"

"多亏了您,长官,"基廷说,"请在此稍等,我好像听到医生已经在外面了。"他迅速走出了病房的门。

韦斯特将军倒回了枕头上。他以一己之力赶跑了那些脸?苏军的整场侵略就这样被他只手化解了？那为什么他一点儿也不记得？他得回办公室仔细研究一下文件才行。他拉开被子，双腿挪下了床。

"韦斯特将军！"一道响亮的女声传来，"你这是在做什么呢？"梅丽·埃莉森医生大步来到床边，一脸怒容。

将军听到这命令般的口吻，顿住了。"我得回去工作，女士。"他说。

"女士？"医生大声说，"别叫我'女士'！我是你的医学顾问，你至少得在这张床上再待两天，这是严格的医嘱。"

"两天？"将军咕哝着，"我不能在这里躺上两天！我还有工作要做！"

"长官，实际上——你没有。"基廷上尉说。

"你到底在说什么呢，基廷？"

埃莉森医生转身面向基廷。"我指的就是这个，"她说，"化学袭击导致的记忆缺失。"

将军脸一红，"化学袭击？什么化学袭击？"

"呃……在您把那些脸从地球上炸飞之前，对方发动的化学袭击，长官。"基廷说。

"噢，没错，"韦斯特将军自言自语道，"那场化学袭击。当然了。"

埃莉森医生拿起将军床尾的表格，开始写写画画。将军仔细地打量着她，脑子飞速思考着。

"你知道吗？基廷，"他终于开了口，"我觉得我理应获得一个假期，毕竟我刚刚拯救了世界。拯救世界的事，我记得很清楚。"

"我觉得，华盛顿没人会不准您休假的，长官。"基廷上尉说道，"实际上，有人提出，本次战役是您职业生涯的亮点。如果您现在选择退休，甚至会为您举办一次游行。"

"游行，你说游行？"将军说着抬起了头，"彩带游行吗，你觉得呢？"

"我觉得基本能肯定就是彩带游行了，长官。"

韦斯特将军笑着躺回了自己的枕头上。退休？嗯，经历了这一切之后，放松一下肯定是理所当然的。他可以去狩猎。一直以来，他都想戴上方格子帽，在周末到森林里去猎杀无辜的动物。这个年代，人们一见你杀人就非常不安——即便是苏联人——但他们却积极鼓励你对牡鹿下手，射它们一两管弹药什么的。然后，还有彩带游行的事……

"没错，"他说，"也许我会退休……"

"很高兴您能这么说，将军！"基廷上尉面露微笑，"在您改变主意以前，还需要我为您做点什么吗？也许，来杯咖啡？"

"噢，好啊，"将军愉快地说道，"来杯咖啡就很棒。"

基廷上尉走到床尾，站在埃莉森医生身边。将军没有发现，她将一小管镇静剂塞进了他的手里。

"一杯咖啡,马上来,韦斯特将军。"

1962年10月22日

　　博士和克拉拉站在塔迪斯门前，看着玫走近她祖母的床边。这位老妇人睁开双眼，见孙女正对自己笑着，不由心生喜悦。

　　"她还有多少时间？"克拉拉问。

　　"几天吧。"博士回答道。

　　"所以你才愿意打破自己所有的规则，回溯某人的时间线？"

　　"规则就是用来打破的，"博士说，"而且，本时间段的玫正在华盛顿忙报社工作，没法坐飞机回来。至少现在不行，我暂时破坏了杜勒斯机场的雷达。有谁会知道呢？"

　　克拉拉笑了笑说："你会知道。"

　　"我会想办法应付的。"

　　他们安静地站了一会儿。玫和祖母手拉着手，一起笑着。

　　"你是怎么做到的？"克拉拉问。

　　博士转身面对她，问道："做到什么？"

　　"把逝者从你的意识里赶出去。那可有几百万条触角，都在攻击你。你是怎么脱身的？然后小丑们才有机会把它们拴在一起的吧。"

"赶它们出去和最初引它们进来用的是一个办法。"博士说，"靠回忆我的朋友们。"

"如果你的朋友对你来说如此重要，那你真是个非常幸运的人。"克拉拉说。

"我知道。"博士笑着说。

"想知道这里这位朋友现在在想什么吗？"

"想什么？"博士问道，"是不是想长高一点？因为我觉得你应该再高一点。我拥抱你的时候，胸膛都能感觉到你的呼吸。这有点奇怪。"

"才不是！"克拉拉嚷着，打闹般冲博士的手臂捶了一下，"我想你会发现我这就是正常身高。是你太瘦高纤长了。"

"纤长？"

"有时候，你看起来就像游乐场那种镜子里的影像。"克拉拉说。她转过身，走回了塔迪斯，"不是这个啦，我在想，是否还有其他巨型逝者之类的东西飘浮在宇宙里。"

博士对自己笑了笑，脑中思索起克拉拉的话，眼睛随之瞪得滚圆。他张嘴想把玫叫回塔迪斯，但顿了一顿，从口袋里搜出沃伦的那枚硬币，抛向空中。他看了看结果。

"反面，"他对自己说，"不用着急。"

3006年9月30日

贝芙·桑福德站在队伍里，随着人流慢吞吞地往前挪动着，走向总统甲板的入口。她想要撕掉那"鲜花™"牌花束上的价格标签。这些东西本来应该很好撕，但事实却总是完全相反。这下子，这束裹着廉价塑料纸的人造花枝看起来更糟糕了。排在她前面的女人却手持一把美丽的白玫瑰、百合组合花束，还是真花。她到底是怎么在艾普西隆太空站弄到这些的？反正肯定不是通过合法途径。

贝芙今天早上逛了三家店——"鲜花™"都卖光了。最后，她去了机器人加油站，那外面的桶里还剩最后一束。当然，如果杰夫没有懒到赖床不起，他本可以早早带她到购物层的超级市场。

她邀请杰夫，完全是因为昨晚不想一个人待着。他不记得，这理所当然，但昨天是她母亲败给癌症一周年的日子。而贝芙，在单位里的一整天，都觉得自己游离在肉体之外，在从外往里窥视。她身边所有的人似乎都在继续过着自己的日子，仿佛那只不过又是普普通通的一天而已——她接受这一点，对他们而言，的确如此。

她只想转移一下注意力,晚上娱乐一下,让自己的脑子不再纠结。但最终她的收获却是:冷的合成食物外卖(她自己付的钱)、敷衍了事的再生红酒啜饮、杰夫的《星际大撞舱》第二集。看到一半杰夫就开始打呼噜了,也就是说,她没办法再听清屏幕里在说些什么了。

今早,杰夫还在睡时,贝芙一边等咖啡自动加热,一边打开收音机打发时间。她就是在那时听到这个新闻的。攻击者昨夜突破安保,射杀了总统温萨。她才刚下令制裁艾普西隆太空站上的非法赌博和走私行为,而那些她想赶走的人渣就是这样反击的。

贝芙快排到队伍最前头了。那手持玫瑰的女子又拿出了一只洁白的泰迪熊,跟花配在一起。她正忙着在一张配套的"吊唁卡"上写字。这些都是黑市里的货,但没人会提这一茬。今天不会。

总统甲板入口处的鲜花已经堆了好几英尺高。谢天谢地,其中有许多看着都像是最后一秒从摊上买来的。等前面带玫瑰的女子吊唁完毕,她弯下腰,把自己那束花放到了那堆花里。

她正准备离开,却注意到自己那束花后面的花束上有一张脸。献玫瑰的女士的那只泰迪熊把花压了下来,花瓣都挤在一起,看上去就像……不,这不可能!

那张脸转过来,望向她,然后张开嘴说了话:"贝芙丽!"

贝芙瞪大双眼,泪水刺痛了她的双眸,"妈妈?"

致　谢

　　感谢贾斯廷·理查兹邀请我写作本书，感谢我的家人们在我写书时给予我的包容。也感谢《神秘博士》死党马克·赖特和卡文·斯科特，在那些我觉得自己失去了语言组织能力的日子里，他们给了我支持与鼓励。需要特别感谢的，是贝芙丽·桑福德，她密切留意着我写的这个故事，保证它在某种程度上还算合理。